Georg Queri wurde am 30. April 1879 in Frieding geboren. 1902 begann er seine journalistische Laufbahn als Lokal- und Gerichtsreporter bei den »Münchner Neuesten Nachrichten«; 1908 wurde er Chefredakteur des »Starnberger Land- und Seeboten«, daneben arbeitete er für die Zeitschrift »Jugend«, deren Redaktion er im Januar 1918 bis zu seinem Tod übernahm; im Ersten Weltkrieg arbeitete er eineinhalb Jahre als Kriegsberichterstatter für das »Berliner Tageblatt«. Zu seinen wichtigen literarischen Veröffentlichungen gehören Lieder (»Die weltlichen Gesänge des Egidius Pfanzelter von Polykarpszell«, 1909), Erzählungen (»Die Schnurren des Rochus Mang, Baders, Meßners und Leichenbeschauers zu Fröttmannsau«, 1910), Theaterstücke (»Matheis bricht's Eis«, 1918) und ein posthum erschienener Roman (»Der Kapuziner«, 1920). Literaturgeschichtlich bemerkenswert ist seine zusammen mit Ludwig Thoma herausgegebene erste Anthologie bayerischer Autorinnen und Autoren (»Bayernbuch«, 1913). Mit seinen umfangreichen volkskundlichen Sammlungen (»Bauernerotik und Bauernfehme in Oberbayern«, 1911 und »Kraftbayrisch«, 1912) geriet er ins Visier von Polizei und Staatsanwaltschaft. Wegen eines lebenslangen Leidens, das auf einen tragischen Unfall in frühester Jugend zurückging, starb Queri bereits mit vierzig Jahren am 21. November 1919 in München.

Georg Queri

Der Wöchentliche Beobachter von Polykarpszell

Geschichten aus einer kleinen Redaktion

Mit einem Porträt des Verfassers
von Karl Arnold und alten Barockvignetten

Herausgegeben und mit einem Nachwort
von Michael Stephan

Georg Queri · Werkausgabe in Einzelbänden
Herausgegeben von Michael Stephan

edition monacensia
Herausgeber: Monacensia
Literaturarchiv und Bibliothek
Dr. Elisabeth Tworek

Weitere Informationen über den Verlag und sein Programm unter
www.buchmedia.de

Bibliographische Information der Deutschen Nationalbibliothek

Die Deutsche Nationalbibliothek verzeichnet diese Publikation
in der Deutschen Nationalbibliographie;
detaillierte bibliographische Daten sind im Internet
über http://dnb.d-nb.de abrufbar.

März 2009
Allitera Verlag
Ein Verlag der Buch&media GmbH, München
© 2009 für diese Ausgabe: Landeshauptstadt München/Kulturreferat
Münchner Stadtbibliothek
Monacensia Literaturarchiv und Bibliothek
Leitung: Dr. Elisabeth Tworek
und Buch&media GmbH, München
Umschlaggestaltung: Kay Fretwurst, Freienbrink
nach dem Umschlagmotiv der Erstausgabe von Paul Neu
Herstellung: Books on Demand GmbH, Norderstedt
Printed in Germany ISBN 978-3-86906-022-4

Inhalt

Der Warzentod	7
Die Feuerwehr	21
Gablhofer oder Bismarck?	33
Die Wunder von Polykarpszell	49
Kathrein	57
Der Hausierer	65
Der Volkstrachtenverein	79
Kirchweihprügel	97
Der Scherer von Dietramszell	109

Anhang

Michael Stephan: Der Journalist Georg Queri und der »Starnberger Land- und Seebote«	123
Editiorische Notiz	139

Der Warzentod

Die Zukunft der Menschen ist in ein böses Dunkel gehüllt: der Zeit, da ich am königlichen Gymnasium zu Neuburg an der Donau die ernsthafte Absicht hegte, dereinst ein bedeutender Gelehrter zu werden – in der Zeit ahnte ich nicht, daß ich als Schreiber bei dem Rechtsanwalt David Mayer III zu München landen würde.

Aber eines Tages saß ich wirklich in einem engen Büro in der Kaufingerstraße und begann mein neues Leben mit der Abschrift des Aktes »Philipp März, Gütler in Fraunloh gegen –«, ich weiß nicht mehr gegen wen. Aber diesen Philipp März vergesse ich nie; er war der erste Mensch, den ich hassen lernte, weil er mich seinen wirren Rechtsanschauungen dienstbar machte. Der zweite aber war David Mayer III, der mir viele, viele solche Arbeiten aufbürdete und in ganz kleiner Münze zahlte.

Als ich ein Jahr lang in seinem Büro gearbeitete hatte, war es ihm bereits bekannt, daß ich mich mit Selbstmordgedanken trug.

Er sagte nur: »Bitte, nicht in meinem Büro!«

Und nun beschloß ich: justament in diesem Büro ...

Nun starb aber in meiner Heimat Polykarpszell der Eggenhofer, der in den achtziger Jahren den »Wöchentlichen Beobachter von Polykarpszell und Umgebung« begründet hatte.

Als so Frau Barbara Eggenhofer zur Wittib geworden war, hätte sie sich leicht der leisen Verwandtschaft zu mir erinnern und mich an ihr Blatt berufen können, der ich des Schreibens wohl kundig war. Aber da lebte zu Polykarpszell ein pensionierter Lehrer, der aus dem Niederbayrischen zugezogen war und seinen Ruhegehalt beim Obern Wirt verzehrte. Er bot ihr in ihrer ersten Not seine Hilfe an und blieb schließlich bei dem Posten, nach dem ich mich sehnte.

Die Polykarpszeller Bötin, die allwöchentlich am Mittwoch mit ihrem großen Hund und ihrem Wägelchen nach München kam, verurteilte das sehr und vertröstete mich auf die Zukunft.

»Wann den amal der Schmaizler ohpackt, na geht's schnell dahi damit!«

»Der Schnupftabak?«

»Dees is ja aus der Weis, wia der schnupft. In den sein Magn muaß's ausschaugn wia in ara Kaffeemühl!«

Es gelang mir nicht, an den Schmalzler mit Todesfolge zu glauben, und ich schrieb hoffnungslos die Aktenstöße des Herrn David Mayer III weiterhin ab.

Aber eines Tages kam die Bötin wirklich mit der Meldung, daß den Lehrer der Schmalzler angepackt habe und daß er auf Tod und Leben daliege.

Und: ich solle gleich kommen.

Ich besann mich keinen Augenblick und schrieb an Herrn Mayer III einen kurzen Brief des Inhalts, daß ich mir seiner Akten halber das Leben nehmen wolle. Und dann packte ich meine Sachen. Die Bötin war mir behilflich und hatte eine große Freude an meiner Beförderung. Da fiel ihr etwas ein:

»Du, woaßt du koan, der wo mit dee bleiern Dinger aso tuat?«

»Einen, der mit den bleiernen Dingern so tut?«

»Wo ma nebnanand hituat und es werd a Zeitung.«

Einen Schriftsetzer – ja, Schriftsetzer wußte ich natürlich nicht aus dem Ärmel zu schütteln. Ich frug meine Hauswirtin, die eine sehr praktisch veranlagte Frau war. Sie verwies mich ans Arbeitsamt, und da fand ich wirklich einen jungen Setzer, der mit tausend Freuden bereit war, aufs Land zu gehen.

»Dees gibt a Hetz!« rief er.

Ich sagte ihm sehr kühl, daß es keine Hetz', wohl aber Arbeit gebe.

»Macht nix,« lachte er. »wann's mih net freut, na geh ih halt wieder.«

So verdarb er mir die ganze Freude, die ich im ersten Moment über den raschen Engagementsabschluß empfunden hatte. Ich ging verstimmt neben ihm her, und die Botin, die sich uns angeschlossen hatte, sah ihn recht scheu an.

Ich plauderte mit der Bötin über Polykarpszell, um den langen Weg zu kürzen.

Sie schimpfte viel über den Lehrer und seinen Schmalzler. Und über den Setzer noch viel mehr, nicht über den, der neben uns ging, sondern über den, der in den Tagen der Not der Frau Barbara jählings entlaufen war.

Was so eine Wittiberin aushalten müsse, das sei ja gar nicht zu glauben! Da legt sich der eine hin mit seinem Schmalzlermagen und muß nach Freising ins Krankenhaus gefahren werden – und der andere lauft von seinen bleiernen Dingern weg und auf und davon. Das ist ja aus der Weis'!

Und da steht die Wittiberin gottverlassen da, und der Herr Kaplan kommt und sagt, er braucht an die achthundert Beichtzettel – ja, kann eine Wittiberin Beichtzettel machen?

Und da steht sie halt in der Stuben, wo die bleiernen Dinger sind und schreit grad hinaus. Kommen die Nachbarsleut und sagen: »ja, wo brennt's denn?«

Jammert sie: »der welcher druckt mir denn meini Beichtzedl? Der welcher druckt mir denn meini Beichtzedl?«

Und der Bachschmied, der allerhand kann, was andere Leut nicht können, der schaut nachsinnierig die bleiernen Dinger an und sagt: »Dee wern zsammgsetzt, oaner neben dem andern.«

Und die Wittiberin: »Konnst du dees?«

Aber der Bachschmied sagt: »Ih net!« und die Jammerei geht von vorn an.

Und dann ist's ihnen halt eingefallen, daß der durchbrennt' Student in der Stadt wär – gleich die Bötin holen lassen und marsch in die Stadt.

* * *

Viel erzählte die Bötin, bis wir Polykarpszell erreichten.

Als wir am Eggenhoferhaus angelangt waren, konnte ich mir einen Juhschrei nicht ersparen. Der Setzer wiederholte ihn zwei-, dreimal.

Aber da ging die Türe auf und ein recht griesgrämiger Mensch mit einer funkelnden Brille trat heraus – die Bötin schrie laut auf: »Da Herr Lehrer!«

Der Herr Lehrer – so war er also vom Schmalzlertod auferstanden.

Der Setzer sah mich recht spöttisch an, und ich glaubte ein Zittern an allen Gliedern zu verspüren.

»Ja, lebn denn Sie noh?« frug die Bötin kleinlaut.

Er nannte sie ein saudummes Frauenzimmer und ging ins Haus.

Wir folgten ihm und fanden Frau Barbara sehr verzagt, sehr klein in ihrer Stube stehen.

Sie erwiderte verwirrt meinen Gruß und frug mechanisch: »So, du bist da?«

»Ja!« sagte ich herzlich.

Peinliche Pause. Der Setzer grinste sehr, und der Lehrer griff nach Hut und Stock und ging beleidigt ab.

Sofort rief die Bötin: »Weil nur der draußt is! Weil nur der draußt is! Der mit seine Schmaizlerräusch – aber dem sag ih's noh!«

Ein Schatten ging über Frau Barbaras Gesicht. »Ös habts 'n mir vertriebn,« sagte sie traurig.

»Ja, weil er nur grad draußt is!« rief die Bötin wieder. »Dees traurig Mannsbild, dees traurigi!«

Aber Frau Barbara schluchzte: »Ih bin halt a Wittiberin! Ih bin halt a ganz a verlassne Wittiberin!«

Sie schlug die Schürze vors Gesicht und weinte.

* * *

Der erste Arbeitstag fing unbehaglich an. Frau Barbara frug mit vielen Zweifeln in ihrer Stimme: »ja, konnst denn du was?« und dämpfte meine Begeisterung sehr. Der Setzer indes blieb vergnügt und pfiff vor sich hin, während er das Papier für die Beichtzettel zurecht schnitt.

Frau Barbara wieder: »Dees mirkst dir, daß mir den Lehrer vertriebn hast! Der waar net so schnell ganga – wo ih so a verlassne Wittiberin bih, so a ganz a verlassne!«

Ich horchte auf: diese Wittwenklage hatte seltsame Untertöne.

»A Moh wia als der is, wo er noh im schönsten Alter is und quasi a Pensionist und hat sei Sach, wo er's Geld nur blos auf der Post holn muaß alli Monat – dees is fei an anderer Nummerer!«

Ich grübelte: David Mayer III wird meine Selbstmordgedanken bereits zur Kenntnis genommen haben – er hat bereits Ersatz gefunden, jedenfalls ...

»Und wia freundlih daß er zu mir gwen is – aber du hast'n vertriebn, daßt es woaßt!«

Jetzt weinte sie.

Ich beschloß, den Lehrer zurückzuholen – vielleicht war meine Stelle bei Mayer III noch nicht besetzt?

Als ich zur Türe hinausging, frug Frau Barbara zornig: »Wo gehst denn hih?«

»Zum Lehrer …«

»Na …« Aber da ihr Nein sehr zögernd klang, ging ich doch.

Ich traf ihn richtig beim Obern Wirt. Er erwiderte meinen Gruß sehr mürrisch und schien kein Verlangen nach Unterhaltung zu haben.

Aber plötzlich frug er mich nach meinem Alter und lachte boshaft, als ich errötete.

Dann höhnte er: »Soso, da san Sie noch so jung. Und schon a Redaktehr! Da muaß ma Respekt ham.«

Ich trank, um meine Verlegenheit zu verbergen.

»A Schneider wann Sie wärn,« fuhr er fort, »a Schneider, der wo mit sein Bögleisn recht guat umgehn kann, den tät die alt Heugeign notwendiger brauchen als wie an Redaktehr.«

Er zog das Wort Redakteur in eine unangenehme Länge.

»So a Schneider, der könnt ihr mit sein Bögleisn dee Warzn niederbögln, dee wo sie im Gsicht hat.«

Der Gablhofer, der mit am Tische saß, lachte unbändig, obwohl er mit mir und mit der Eggenhoferin im siebenten Grade verwandt war. Und so lachte er, daß er ganz blau im Gesichte wurde und mehrmals mit der Faust auf den Tisch schlagen mußte, um sich Luft zu verschaffen.

Ich beschloß, ihn aus der Liste meiner Verwandtschaft zu streichen.

***

Schweigend empfahl ich mich. Ich erkannte, daß mein Opfer der Frau Barbara keinen Gewinn bringen konnte – der Lehrer beabsichtigte offenbar nicht, mit ihr den Bund der Ehe zu schließen.

Aber wie ihr das mitteilen?

Wenn ich auch den Ausdruck »alte Heugeige« unterschlug, so verblieben doch mit den Warzen noch Verbalinjurien, die ein Frauengemüt empören mußten.

Aber da mich die Eggenhoferin voll Spannung ansah und Bescheid wissen wollte, so durfte ich wenigstens einen Teil der Wahrheit nicht unterdrücken.

Ich sagte ihr also. daß ich mit dem Lehrer eine interessante Unterredung gehabt habe. Er habe gar nichts gegen Frauen reiferen Alters –

»Dees hat er gsagt? Dees hat er gsagt?« Frau Barbara war sehr erregt.

Aber er habe eine Antipathie –

»Er hat schoh oani!«

Eine Abneigung! Eine Abneigung gegen, gegen – rund heraus: gegen Warzen. Warzen seien ihm schrecklich ...

Frau Barbara war bis ins innerste Gemüt getroffen und ging betrübt ab.

»Wo is denn dees Klischee für'n Beichtzettel?« frug mich der Setzer plötzlich.

Ich suchte es vergebens und begab mich zu Frau Barbara, um Auskunft zu holen.

»Ih woaß's net,« weinte sie.

Und dann brach ein Jammern los wegen der Warzen. Sie sei totunglücklich – was sie schon alles die vielen Jahre her angewandt habe, alles sei vergebens gewesen.

»Aber es gibt noh a Mittel!« fiel ihr plötzlich ein, »es gibt noh was ...«

Dann grübelte sie eine Weile, und ich entfernte mich schweigend.

* * *

Da erschien sie in der Setzerei und erzählte mir flüsternd von dem Mittel gegen die Warzen, von dem allerletzten Mittel.

Der Setzer suchte fluchend nach dem Klischee und bewegte sich immer näher an uns heran. Als es mir schien, als ob er lauschte, sah ich ihn scharf an; und er entfernte sich wieder.

Ich erkannte mit Schmerz, daß meine Mitteilungen über das Gespräch des Lehrers Frau Barbara nicht von ihren Wittwenträumen geheilt hatten. Ihre Zuneigung zu dem Manne war größer als seine Roheit.

Sie hielt mir einen Zettel hin und verlangte dringend, daß ich ihn lese. Ich hielt diesen Zettel geistesabwesend in der Hand und dachte an Mayer III – da zerrte sie mich am Rocke, entriß mir den Zettel wieder und las:

> Wo diesen Zettel lesen kann,
> dem häng ich meine Warzen an.

Lachte jemand?

Der Setzer bückte sich eben tief auf der Suche nach dem Klischee, als ich mich nach ihm umsah.

Frau Barbara wurde ungeduldig; »warum sagst denn nix?« drängte sie.

Ich griff mechanisch nach dem Zettel und erkannte, daß ihre Handschrift und ihre Orthographie sehr mangelhaft waren.

Nein, wie sie das hingeschmiert hatte:

> Wo disn Zedel lesn kan
> den heng ich maine Wartsn an.

Es schüttelte mich – in diesen Abgrund von Dummheit hineinzusehen!

»Warum sagst denn nix?« drängte sie wieder.

»Ja, was soll ich dazu sagen …«

»Dees muaß abgschribn wern, recht oft, an die hundertmal und an die tausatmal und muaß überall higlegt wern an dee Weeg …«

»Der werd druckt, der Zettl! Druckt werd er!«

Ganz jubelnd schrie's der Setzer heraus.

Und die Eggenhoferin kreischte auf, als sie den Mann im Besitz ihres Geheimnisses wußte. »Bazi! Bazi!« Es fiel ihr kein schlimmeres Wort ein; da stampfte sie mit dem Fuße und wiederholte: »Bazi! Bazi!«

Aber der Setzer lachte: »Freilich werd dees druckt! Tausatmal!«

Ich machte mich aus dem Staube. An der Sache war nicht mehr viel zu ändern, und Frau Barbara war energisch genug, um mit dem Menschen ihren Kampf auszukämpfen.

Auch mußte ich der Reproduktion des Zauberspruches ausweichen – nein, so etwas tausendmal schreiben zu müssen! Mayer III und seine Akten erschienen mir plötzlich wie ein verlorenes Eden.

***

Ich sprach mit dem Setzer kein Wort über die Warzenaffäre.

Aber ich ermittelte gleichwohl, daß eine hirnverrückte Sache im Gang war. Er hatte das Klischee für den Beichtzettel nicht finden können – was also druckte er auf die vielen Zettel, die er sich zurecht geschnitten hatte?

Es war zum Verzweifeln.

Ich hielt mich ostentativ von der kleinen Presse ferne, an der er hantierte, aber ich wußte es: die unschuldigen Papierchen, die ursprünglich hatten Beichtzettel werden sollen, wurden für die Warzenbeschwörung mißbraucht. Er arbeitete fleißig und pfiff vergnügt vor sich hin. Ja, ein guter Kerl war er wohl und einer der wenigen, die noch ihre Freude an der Arbeit haben – aber an diese Arbeit durfte keine Freude verschwendet werden.

Jetzt hatte er den ganzen ansehnlichen Papiervorrat aufgebraucht und begann mit den Zetteln seine Taschen zu stopfen. Mir graute.

Er aber griff nach seinem Hute, grüßte fröhlich und ging.

Ich beugte mich durchs offne Fenster und sah, wie ihm die Brotherrin vergnügt zuwinkte.

Ich sah ihm lange nach. Als er beim Kreuzwegschuster um die Ecke bog, ließ er unauffällig etwas Weißes flattern – ach, der Zauber begann schon.

Jetzt verlor ich ihn aus den Augen. Aber ich sah, wie der Kreuzwegschuster scheu und mit vorsichtigem Spähergang aus seinem Hause trat und um die Ecke dem Setzer nachblickte. Dann bückte er sich eiligst nach dem Papierchen.

Und las ...

Jetzt wandte er den Kopf direkt nach meiner Redaktion, und ich glaubte trotz der ansehnlichen Entfernung das Funkeln seiner Augen zu sehen, dieser drohenden, bösartigen Kreuzwegschusteraugen.

Was brauchte er nach mir zu starren? Das Schriftstück konnte in Honolulu gedruckt sein – die Polykarpszeller Druckerei war nicht die einzige in der Welt.

Aber da humpelte er heran in seinem Unverstand und hatte Eile, daß seine grüne Schusterschürze im Winde flatterte. Und die Fäuste streckte er ab und zu drohend empor, und ich wußte, daß er nun fürchterlich fluchte.

Und jetzt stürzte er herein in meine Stube und ließ seinen Schusterbaß dröhnen: »Wo is d' Moasterin?«

Ich sandte ihn kaltblütig zum Saamer Wabn Basl und log, daß Frau Barbara bei dem alten Weiberl den Kaffee einnehme. Aber bis zum Saamer Wabn Basl sind gut an die zehn Minuten – Zeit genug, um dem dummen Schuster zu entrinnen.

Und indes er forthumpelte, ging ich vergnügt zum Obern Wirt.

Aber als ich die Klinke zur Wirtsstube in der Hand hielt, überfiel mich eine schreckliche Angst – ich wußte nicht, warum. Ich trat beklommen ein und vermochte kaum die anwesenden Gäste zu erkennen und fand mich erst wieder zurecht, als der Lehrer ziemlich laut frug: »So, tun Sie also da herinn arbatn? Is a gmütlichs Büro, gell?«

Der wieder so schallend lachte, war der Gablhofer, den ich aus meiner Verwandtschaftsliste gestrichen hatte.

***

Und jetzt war mir plötzlich wieder, als ob ein böses Ereignis unmittelbar bevorstehen müsse. Vielleicht nur darum, weil ich den Lehrer und den Gablhofer vor mir sah und ihre Feindschaft witterte. Ach, ich wünschte mich weit, weit fort von hier; ich haßte dieses Polykarpszell!

Und da humpelte dieser Kreuzwegschuster zur Türe herein …

Dann der Glas, der alte Vöstn und der Gaißreiter. Zwei von den Vieren hielten Zettel in der Hand, die im Format den Beichtzetteln glichen … Ich wußte alles.

Der Kreuzwegschuster sah ganz wütend aus; der Glas und der Gaißreiter lachten. Aber der alte Vöstn war unruhig und betupfte sein Gesicht und forschte, ob der Zauber schon begonnen habe.

Und der Alisi kam und der Häuslweber und der Graabschuster Jaggl. Ach Gott, diese Menschen kannte ich ja alle von Kindheit auf! Und der Brandner und der Kühsima und der Bächleschwab – wie an einem hohen Feiertag gingen sie zum Wirtshaus.

Und wer den unglücklichen Zettel nicht schon in der Hand trug, der zog ihn aus der Tasche.

Gott, wie dieser Gablhofer sich wieder in Lachen austobte! Mir wurde ganz schwindlig, und ich vermochte nicht mehr richtig zu hören und zu sehen. Ein rotes aufgedunsenes Etwas – das war wohl des Gablhofers trunkener Kopf; ein schreckliches Lachen – dieser Gablhofer wieder. Und ich fühlte, daß jemand bellend auf mich einsprach – der Kreuzwegschuster? Über dem brüllenden Lachen des Gablhofers wurde er nicht vernehmbar.

Erst als der Gablhofer eines langen Zuges aus seinem Maßkrug bedürftig war und als der Schuster sich von mir abwandte, sah und hörte ich wieder einigermaßen.

Ich griff nach meinem Kruge und trank, um wieder Leben zu gewinnen.

Da sah ich vor mir eine Fülle von Zetteln, als wenn der Hagel sie niedergeworfen hätte. Mechanisch nahm ich einen der vielen.

Herrgott im Himmel! Träumte ich?

Ich mußte wahrhaftig mit dem Handrücken über die Augen sahren, um sie ein zweitesmal zum Lesen zu zwingen. Herrgott – das las sich wirklich so:

> Wer diesen Zettel lesen kann,
> dem häng' ich meine Warzen an.
> Barbara Eggenhofer.

Ja, das stand darunter: Barbara Eggenhofer.

***

Ich eilte nach Hause, um mein Ränzel zu schnüren und die Wanderung zu Mayer III anzutreten: entschuldigen Sie, ich bin nicht in den Tod gegangen. Aber an dem Nagel, dem ich mein Ränzel anvertraut hatte, hing das trostlos alte Felleisen des Setzers, mit dem ich meine Kammer geteilt hatte.

Ah, der Setzer war verschwunden.

Ich verzichtete darauf, den Zettel zu lesen, den er auf unser gemeinsames Tischchen gelegt hatte – augenblicklich riß ich ihn in Stücke. Ich glaube auch, mich nach einem soliden Stricke umgesehen zu haben – aber ich stürmte doch die Stiege hinab in die Stube der Eggenhoferin.

Sie lebte noch.

Ich fand sie auf dem alten, geblümten Kanapee sitzend, schwer atmend, hochrot im Gesichte. Vor ihr auf dem Tische Kaffee und einige der abscheulichen Zettel, zerrissen und zerknüllt.

So wußte sie also alles.

»Jaja!« seufzte sie.

Aber ich vermochte ihr nicht zu antworten.

»Was sagst jetz du dazua?«

Ich sagte nichts.

»Han, is jetz a söllener net a ganz an ölendiger Bazi?«

Sie erhob sich mit einem Ruck, wie zu einer Tat. Doch ging sie nur zum Küchenschrank und kehrte mit einer Tasse zurück. Und schenkte mir ein.

»Und moanst, daß der Lehrer a besserer is als wia der ander? Um koa Laus net, dees sag ih!«

Gott, diese Wandlungen in einem Frauengemüte!

»Da bist du schoh an anderner!«

Ich sah erstaunt und beglückt auf.

Jetzt spielte ein Lächeln um ihre Mienen, daß die Warzen glänzten. »San dee Setzer alli solchi Bazi als wia der?«

Es blieb mir nichts übrig, als den Beruf der Schriftsetzer zu verteidigen; schweren, anklagenden Herzens: um den einen hätte ich viele verdammen mögen. Aber die große, ungeheuchelte Ruhe der Frau Barbara lahmte meinen Zorn und machte mein Urteil gelinde. Schon hatte ich die tragischen Momente der letzten Stunde halb vergessen; und da ich den Kaffee meiner Brotherrin trank und ihn überaus wohlschmeckend fand, vergaß ich auch die andere Hälfte.

Sie schenkte mir wieder ein. »Han, aso a Haberfeldtreiber als wia der is, hab ih recht oder net? Barbara Eggenhofer schreibt er hin – aso a Haberfeldtreiber, han?«

Sie wiederholte: »und schreibt einfach hi: Barbara Eggenhofer – han?«

Da – ich konnte den Kaffee nicht mehr rechtzeitig verschlukken, den ich im Munde hatte, ich mußte ihn herausprudeln und ein Lachen hinterherschicken, das lang und gewaltig war wie das des Gablhofers. Und als ich mir plötzlich über die Roheit meines Benehmens klar wurde und erschrocken schwieg, da kicherte die Eggenhoferin in hohen Tönen – wahrhaftig, sie kicherte.

»Barbara Eggenhofer schreibt er! Barbara Eggenhofer!« Sie wieherte die Worte heraus.

Das entfesselte mein Lachen von neuem und brachte es zur Ekstase und zu unheimlichen Leibschmerzen, deren Eventualitäten man niemals weiß. Ich stierte meine Brotherrin mit der angstvollen Bitte um Beendigung des Spieles an.

»Und schreibt hi: Barbara –« sie stöhnte im letzten Stadium des Lachkrampfes. Ich will's ihr nie vergessen, daß sie nun schwieg: sie rettete mich vor vielem.

**

Am selben Abend noch hieß ich den Selcherbauern seinen Rappen einspannen und fuhr nach München.

Ich fand einen Setzer, an dessen Gutmütigkeit einigermaßen zu glauben war. Er nahm gerne die Berufung in die schlichte Provinz an und stand bereits andern Tags in der Setzerei und arbeitete an einem großen Artikel, den ich über Bismarck geschrieben hatte.

Und die Polykarpszeller Welt rollte über die Warzen der Wittib Barbara hinweg ihren Weg weiter.

Auch gab es Neues zu besprechen: Der Lehrer verschied am Stammtisch beim Obern Wirt plötzlich nach einer heftigen Schmalzlerprise.

Die Polykarpszeller Welt stand mir offen.

Die Feuerwehr

Ich pflegte mein Wochenblatt gerne mit Gedichten auszustatten, die in der Sprache der Polykarpszeller Bauern gehalten waren und von Dingen handelten, die im Bereich der Polykarpszeller Flur lagen.

Aber sie fanden keine allgemeine Liebe, so gerne auch die Bauern sonst mein Blatt lasen. Lediglich der Herr Kaplan sah mit Wohlgefallen auf meine dichterische Begabung und förderte sie dadurch, daß er mir von Zeit zu Zeit besondere dichterische Stoffe empfahl: Osterglocken, Pfingstglaube, Weihnachtsgebet und andere Vorwürfe, die ihm neu erschienen.

Was ich sonst noch in Verse brachte, war meist weltlichen Charakters; er fand diese Art von Poesie indessen unschön und verderblich und strafte sie verschiedene Male durch Abonnementsabsage.

Dagegen war es des Gablhofers – des Bürgermeisters – Tochter, die Gefühl genug besaß, um dem Dichter ihrer Heimat auch bei Entgleisungen Interesse entgegenzubringen.

Oft frug sie mich: »Wann machst denn wieder amal aso a schöns Poesiegedicht? Ih lees dees Sach sovui gern!«

Das Wort Poesiegedicht tat weh. Aber die Sympathie des Mädels war mir wertvoll und spornte mich oft zum Schaffen an. Und überdies sorgte das Mädel für meine Popularität, indem sie meine Gedichte gut auswendig lernte und im Burschenverein und bei den Veteranen und Kriegern vortrug. Und da war immer viel Beifall zu hören.

Sie hieß Annamirl und ich sah sie gerne.

Aber der Gablhofer liebte das nicht. Er trat oft mit seinen schweren Stiefeln, die der Kreuzwegschuster gemacht hatte, auf meinem Herzen herum und sagte: »Ih mag halt dee Speanzlerei net! Und bal ih enk zwoa amal derwisch, na verhau ih ihr an Buckl und dir schlag ih's Kreuz ab!«

Sprechen alle Bürgermeister so?

Aber eines Tages kam er in meine Redaktion und redete hinum und herum, als ob er ein Anliegen hätte.

So aber redete er hinum und herum:

»Waruma hast denn allaweil solchane Gedichtn im Blattl? Neambd versteht s'! Warum druckst denn sowas Saudumms?«

Ich lenkte die Rede auf das Roß über, das er auf dem Barthlmarkt in Oberstimm gekauft hatte und das nun am Grimmen verendet war.

Aber er: »Du bist doh sinscht net so dumm! Waruma bist nachat a solchana Hanswurst, wo Gedichtn macht?«

Ich bemerkte darauf, daß das Schweinerotlauf im Stall des Siebnerhansl nach einer uns vorliegenden amtlichen Meldung erloschen sei. Die Stallsperre sei also –

»Ja,« sagte er, »balst a schöns Gedicht macha kunntst, wo unseroana sei Freud droh hätt und wo alles gern hörn taat! Aba allaweil an solchan Schmarrn, als wia du machst!«

Ob vielleicht beim Burschenverein und bei den Kriegern und Veteranen nicht immer die Begeisterung groß gewesen sei? Ob die Annamirl nicht viele Erfolge meinen Gedichten zu verdanken habe? Ich beschloß, mir von dem Gablhofer keine Kritik meiner Gedichte mehr bieten zu lassen.

»Ih wüßt, was ma dichtn sollt!« rief er plötzlich.

»Bürgermeister?«

»Ih wüßt's!« Dann dachte er einen Moment nach und fragte: »Wia hat dir denn mei Gselchts gschmeckt?«

Ich schnalzte mit der Zunge.

»Warum zahlst es nachat net? Auf Georgi hast es kaaft und heunt is schoh Peter und Pauli – warum hast es nachat noh net zahlt?«

Hm – das hatte ich wohl vergessen.

»Ghaut ghörast, weilst nia nix zahlst! Hab ih recht oder net?«

»Herr Bürgermeister –«

»Aba balst mir a schöns Gedicht machst, wo d' Annamirl aufsagn muaß, nachat redn ma nimma voh dem Gselchtn. Und im

weißn Kleidl muaß sie's aufsagn, dees mirkst dir! Und acht Mark kost dees Gselchte – warum hast es denn net zahlt?«
»Ein Gedicht, Bürgermeister?«
»Ja. Indem daß dee freiwilli Feuerwehr Polykarpszell vor dem hochn und festlichn Tag steht, wo ihr fimfazwanzigst Jubileum begeht. Dees muaßt dichtn. Da giebt's schoh an Vers drauf.«
»Freilich!«
»Und ih will a Red aufsagn an dem hochn und festlichn Tag, dees siehgst ei! Machst du mir dee Red?«
»Gern!«
»Und an Jakobi is der festliche Tag, daßt es woaßt!«
Und dann verließ der Gablhofer meine Redaktion.
Am Gartenzaun machten ihm die acht Mark gselchtes Fleisch noch einmal Kummer, das sah ich deutlich; aber gleichwohl ging er seines Weges weiter.
Am andern Tag las ich ihm seine Rede vor. Sie gefiel ihm sehr.
»Und's Gedicht?« frug er dann.
»Ja, das will ich der Annamirl vorlesen.«
»Ih muaß 's zerst hörn!«
Das Gedicht gefiel ihm ganz und gar nicht. Er erklärte, es sei unverständlich und bringe die Annamirl ins Gespött.
»Aber –«
»Nix aber! Wiast mei Gselchts gfressn hast, hast aa net aber gsagt!«
So blutete mir das Herz und so änderte ich das Gedicht um.
Es gefiel ihm auch in zweiter Fassung nicht. Ich hatte es der Annamirl vorher vorgelesen, und sie hatte geweint, so gut gefiel ihr das Gedicht. Er aber behauptete: »Nix is's!«
»Daßt jetz du dees net verstehst?« brummte er. »Du muaßt mehra von der Tapferkeit schreim, und daß unserne Feuerwehrleut san als wia dee tapfern Bayern im Jahre anno Siebzig und koan Teifi net ferchtn! Dees muaßt schreim!«
In sechster Fassung erst fand das Poem seinen Beifall. Und so lautete es in der sechsten Fassung:

> Wer is's wo unsere Häuser rett, bal's brinna tuat?
> Wer anderst als wia unser weltberühmte Feuerwehr!
> Dee rettn unsere Küah, Ochsn, Roß, Hennan, Säu, Bettna,
>   Schuah, Strümpf und Huat,

indem weil sie kemma als wia dee rettatn Engl vom Himmi
daher.
Was aber den heilin Sankt Florian anbelangt, auf den
konnst dih aa nimma verlassn,
der hat weiter noh net weni Höf abbrenna lassn,
und will aso d' Versicherung vom Zahln nix hörn
und sagt, wann wieder oana abbrennt, lass' ma'n glei eisperrn.
Unter dene Umständ derf ma's oan net in Übl nehma,
wann d' Feuerwehrn allweil mehra und mehra aufkema;
aba jetz könna ma halt wia d' Ratzn schlaffa:
bal's brinnt,
werd sih d' Feuerwehr scho zuawiraffa.

Und nachat steigt da Schaffler Toni aufs brinnate Haus
und bal er droma is, na laßt er sei Wasser aus;
und der wo moant, er fürcht sih, der kennt 'n fei schlecht,
da Schaffler Toni ferchtat sih net, und wann's bis zum
heilinga Himmifirmament brinna möcht!

Aba der ehrngeacht Herr Reittinger Wiggl, Kaufmann,
Kramer und Kolonialwarenhandlung allhier,
der is von unserner tapfern Feuerwehr die schönste Zier;
der rennt als wia da helliacht Teufi am Brandplatz umanand,
indem er is von unserner tapfern Feuerwehr da Kommadant.
Und da kraxln s' als wia dee schneidign Gamsböck an der
   Loatern nauf
und tragen stolz auf dem Buckl die Wasserspritzn,
wann in Gottes unerforschlichem Ratschluß oana abifalln
   möcht –
der taat anderst spitzn!
Und darum, so habt's ös aa dee gräuslichn Wundn von der
   Tapferkeit,
da Schmied Kasper, der hat s' an der Nasn,
und da Schreiner Lenzl hat sih sei links Ohrwaschl ver-
   brennt,
und da Bachstoana Gidi am Sebastiostag sei greane Hosn.
Aber darum, oh stolzes Herz, verzage nicht!
Indem daß wir unsern ehrngeachtn Bader Flinserer ham,
der hat dee Nasn und dees link Ohrwaschl wieder zsammgricht,

und der ehrngeacht Schneider Bitzerl flickt dee grea Hosn aa
wieder zsamm.
Und darum, so schaung wir ruhig hin auf das unschuldig
Kindlein in der Wiagn, bal's brinnt, na werns 'es scho
kriagn, indem daß userne tapferne Feuerwehr
über dee unschuldign Kindlein wacht als wia a Engelsheer.

Wer aba san dee Mannerleut, dee wo dem gräuslichn Feuertod
aso tapfer ins Auge schaun?
Dees san dee Mannerleut vo Polykarpszell!
Dee san so tapfer als wia dee tapfern Bayern im Jahre anno
Siebzig,
da könn ma sagn, was ma wöll!

Oh, ös tapfern Feuerwehrleut,
mir ferchtn net das Brinna,
mir ham ja dee tapfer freiwilli Feuerwehr Polykarpszell,
wo löschn kinna!

Es ereignete sich aber noch eine siebente Fassung des Gedichtes, und zwar auf Antrag des Herrn Kaplan, der die zwei Verse über den heiligen Sankt Florian durchaus nicht billigte und acht andere zum Lobe des Patrons verfaßte und einzurücken befahl. Er besorgte diese Änderung schließlich selbst, um seiner Sache sicher zu sein, und als ich mein Manuskript wieder zurück erhielt, merkte ich noch eine andere Zutat an Versen, die zum fleißigen Besuch der heiligen Christenlehre aufforderte.
Aber ich weigere mich, die Verse des Herrn Kaplan hier abzudrucken.

***

Der Gablhofer trug in seinem Gesicht eitel Freude zur Schau.
»Siehgst es,« sagte er, »du konnst schoh was, balst magst. Warum magst denn nachat nia, du Lump?«
»Ja, Bürgermeister.«
»Und siebn Loab Brot hab ih noh guat von dir, wost gholt hast bei meiner Bäurin, und d' Oar und da Butta, wost uns schuldi bist, san guatding an dee achthalb Mark. Waruma zahlst denn nia nix, du Lump?«

»Das Brot und die Eier und die Butter –«

»Aba balst mir mei Red schö eilernst und meina Annamirl dees Gedicht, nachat redn ma nimma voh dee achthalb Mark. Weilst a Gstudierta bist, derfst es uns eilerna – lernst es uns schö ei?«

»Freilich!«

»Daßt jetz du nia nix zahlst?« sagte er noch einmal vorwurfsvoll und dann ging er.

Andern Tags begann das Einstudieren. Es ergaben sich sofort Schwierigkeiten, weil der Gablhofer darauf bestand, das Studium seiner Tochter überwachen zu wollen. Aber schon zu Anfang verwirrten sich Rede und Gedicht, und die Annamirl erzwang durch fürchterliche Tränen die Abwesenheit des Vaters. Ihm war auch wohler zumut, denn schon hatte sich in die Einleitung seiner Rede eine Strophe des Gedichtes schwer verstrickt.

»Aber ihr verhau ih an Buckl, dees mirkst dir, wann a Speanzlarei rauskimmt, und dir schlag ih's Kreuz ab!« So verabschiedete er sich.

Also durfte ich Vater und Tochter gesondert vornehmen. Ich behandelte die beiden durchaus nicht nach einem Schema. Der Tochter brachte ich eine zärtliche Geduld entgegen, und den Vater behandelte ich mit der Härte des Pädagogen, der mir dereinst das Lesen und Schreiben und die Unempfindlichkeit gegen körperliche und geistige Qualen beigebracht hatte.

Ich schimpfte höllisch auf den Gablhofer ein und fütterte mich bis zum Platzen mit Rache. Der Gablhofer war zuzeiten niedergeschlagen und manchmal der Verzweiflung nahe – ich hatte für jeden Laib Brot, für jedes Ei, für jedes Lot Fleisch und Butter eine rhetorische Qual ersonnen und hing an des Gablhofers Stirne breite, schwere Schweißtropfengirlanden auf. Ich sorgte dafür, daß ihn seine Rede wie ein Gespenst verfolgte am Tage und in der Nacht und daß er am Sonntag beim Obern Wirt plötzlich laut aufstöhnen mußte vor allen Leuten.

Und schon tuschelten die alten Weiber: es druckt ihn das böse Gewissen und er hat einmal was recht Schlechtes angefangen.

So behandelte ich den Gablhofer, Bürgermeister von Polykarpszell.

Anders behandelte ich des Bürgermeisters Töchterlein.

Meine Milde machte sie reich. Mit Freuden kam sie jeden Abend in meine Redaktion, und der Korb, den sie trug, enthielt Dinge, wie sie mir der Gablhofer mit rechnerischer Schärfe ins Gedächtnis zu rufen pflegte.

Und: ich küßte sie auch.

Darum lernte sie so tapfer, daß ich nach acht Tagen die Instruktion bequem hätte abbrechen können.

Da aber sprach die Annamirl: »Kunntst net noh a paar Versch ohänga?«

Ich küßte sie und reihte vier Verse ein.

Drei Tage später fand ich abermals vier höchst gelungene Verszeilen, die meine begeisterte Schülerin im Nu auswendig lernte. Dann strich ich die acht Verse zum Lobe des heiligen Sankt Florian, die der Herr Kaplan gedichtet hatte, mit frecher Hand und schrieb acht andere hinein. Schließlich merzte ich auch seine Empfehlung der heiligen Christenlehre aus und betonte dafür die Tapferkeit der freiwilligen Feuerwehr um ein erkleckliches mehr.

Aber immer waren noch drei Wochen bis zum Jakobitag abzuwarten, und die Annamirl bat: »Kunntst net noh an Versch ohänga?«

Und ich dichtete weiter und küßte die Kleine. Als aber ihrer einhundertundzwanzig Gedichtzeilen geworden waren, da fing sie zu schluchzen an und sagte: »Du heiratst mih ja doh net! Du heiratst mih ja doh net! Du nimmst ja doh oani voh da Stadt und mih laßt nachat sitzn!«

So hemmte sie den Strom meiner Dichtkunst.

Ich beschloß, es bei den einhundertundzwanzig Versen bewenden zu lassen und den Unterricht vorläufig zu sistieren bis zur Generalprobe am Tage vor Jakobi.

Da mir aber Butter und andere Dinge schon viel früher ausgingen, veranstaltete ich noch einige wichtige Vorproben und hing neuen Schweiß an des Gablhofers Stirne und tröstete die Annamirl in ihren Schmerzen.

So sättigte ich mich an Küssen und Rache und konnte in Ruhe dem Jakobitag entgegensehen.

***

Die Generalprobe nahm einen glänzenden Verlauf; die Annamirl kam noch am Abend im Auftrag des Vaters mit einem schweren Korb. Er enthielt ein sehr großes Stück aus dem Rauchfang des Gablhofers.

Gleichwohl verpatzte der Gablhofer seine Rede fürchterlich an dem großen Tage.

Ich stand in schwerem Schrecken da, wie er die Fragmente meiner Rede herauswürgte. Dann aber geriet ich in ein ungeheures Staunen, als die Leute beifällig brüllten wie nach großen, bedeutenden Worten.

Man konnte sagen: er stieg als Sieger von der Rednertribüne.

Aber in dem Blick, mit dem er mich ansah, lag für acht Mark geselchtes Fleisch, sieben Laib Brot und für achthalb Mark Eier und Butter.

Dieser Blick machte mich bleich – aber ich raffte mich auf, um ihn zu der seinen Art zu beglückwünschen, in der er sein Amt als Festredner erfüllt habe. Er sah mich verdutzt an und war voll Unglauben. Aber seine Stirne verlor ein wenig an Falten und ein leises Selbstvertrauen keimte wieder in ihm auf.

Und dann sah er mit unruhigen Hoffnungen zu seiner Annamirl, die jetzt zitternd das Podium bestieg. Die Mädel musterten neidisch ihr weißes Kleid, das wußte sie; und die Burschen sahen sie auch an und überlegten die Möglichkeiten der Liebe.

»Stilentium!« schrie der ehrengeachtete Herr Beittinger, Kaufmann, Kramer und Kolonialwarenhandlung.

Es herrschte eine Ruhe wie in den Gräbern, aber die Annamirl begann noch nicht.

Da schrie auch der ehrengeachtete Herr Schneider Bitzerl: »Stilentium!« und drängte sich vor, daß es die Leute auch sehen mußten, daß der Schneider Bitzerl Stilentium gerufen hatte.

Ich aber sah, wie die Annamirl verzweifelt nach dem Ansang ihres Gedichtes forschte und sprang hinter das Podium und soufflierte. Und da gewann sie Tapferkeit und begann zu deklamieren.

Der Herr Kaplan stand dem Rednerpult gegenüber und sah feierlich aus und harrte des Wohlklanges seiner Verse zum Lobe des heiligen Sankt Florian und zur Aneiferung für den fleißigen Besuch der heiligen Christenlehre. Ich freute mich seines Anblicks sehr.

Er verlor die Feierlichkeit seiner Mienen langsam und hinter seiner Brille preßten sich seine Augen angstvoll heraus und seine Finger nestelten an den vielen Knöpfen seines langen Rockes.

Es half ihm aber nichts.

Ich erinnerte mich seiner wiederholten Abonnementsabsagen

und freute mich königlich über seine Seelenqualen. Jetzt wurde er blaß und steckte die leidvolle Miene eines Seekranken auf. Und jetzt zog er sein großes blaues Schnupftuch und trocknete den Schweiß von seiner Stirne.

Aber bei der Verfolgung von alledem vergaß ich zu soufflieren, und die Zunge der Annamirl kam ins Stolpern. Dabei fielen achtzig Verse unter das Podium; vierzig kamen an ihre Adresse, lediglich vierzig.

Aber immerhin schloß das Mädel ganz gut ab; denn als sie mit ihrem Gedächtnis einen furchtbaren Kampf kämpfte, in dem ihre Niederlage sicher schien, gab ich der Musik das Zeichen für den Tusch, den ich für alle Fälle vorausgesehen hatte – und alles wurde wieder gut.

Die Annamirl sah sich verwundert um, als die Burschen des Ortes sich heiser schrien, und strahlte, als ich sie energisch lobte. Es war ihr noch ein bissel schwindelig zumute, und die Sache erschien ihr wie ein böser Traum – da war leicht lügen: sie glaubte an meine Worte und an die Schönheit ihres Vortrages.

Aber mit eisigen Mienen sah der Herr Kaplan uns beide an und verließ den Schauplatz seiner Mißachtung, um in der Stille seiner Schreibstube die Abonnementsabsage niederzuschreiben.

Aber er konnte meine Seele nicht mit Bitterkeit erfüllen; ich wandte mich dem Gablhofer wieder zu und flüsterte: »Das heißt man Beifall!«

»Sakramentisch guat hat s' es hergsagt!« sagte er.

»Andere schon auch! Respekt vor solchen Talenten!«

Er sah mich von der Seite an und erfüllte sein Gesicht mit Befriedigung. »Moanst doh?« gab er zögernd zurück.

Da sprach ich zum drittenmal von seinem großen Erfolg, und nun erkannte er die Wahrheit meiner Worte und glaubte an sein Rednertalent.

Ganz glücklich saß er hinter seinem Maßkrug.

Ich setzte mich neben ihn und rühmte die herrliche Feier des Tages. Und meinte, es sei nur eine Stimme des Lobes. Und die müsse noch oft, noch oft laut werden! Daß der Gablhofer mit nächstem einige passende Worte auch im Veteranen- und Kriegerverein sprechen müsse, sei klar – das könne man mit Recht von ihm fordern. Desgleichen im Burschenvereine und anläßlich der Fahnenweihe der Matthäusbruderschaft.

Er nickte vor sich hin.

»Und dann in *rebus politicis* – warum nicht einmal in *rebus politicis*?«

»Wo?« sagte der Gablhofer ängstlich.

»Gablhofer,« sagte ich und erhob meine Stimme, »kennst du das Haus in München, wo die Vertreter des Volkes tagen?«

Er atmete schwer; sein Gesicht hatte sich gerötet und seine Augen hafteten stier am Maßkrug.

»Gablhofer – willst du diesen Weg gehen?«

»Wast du heunt saufst und frißt, dees zahl ih!« schrie er begeistert.

Dann tanzte ich mit der Annamirl: es gefiel den Burschen gar nicht, aber die Gablhoferin sagte zur Zillibrantnerin: »A schöns Paarl! A schöns Paarl!«

Ich hörte es und wurde des Tanzens müde.

Auch hatte das Raufen schon begonnen, und der Gablhofer schlug den Hauser Jörgele von Wolfertsgrün, der am Rednertalent der Polykarpszeller gezweifelt hatte, windelweich.

Und der Moment war gekommen, wo ich den Festplatz zu verlassen geschworen hatte.

Gablhofer oder Bismarck?

Ich schrieb am Fenster meiner Redaktionsstube. Da schob sich ein Schatten über mein Papier, ich blickte auf: ach, der Gablhofer!

Er hatte das rote höhnische Gesicht aufgesteckt, das er beim Obern Wirt zu beziehen pflegte, den Quadratzoll zu vierundzwanzig Pfennig, und schrie: »Schreibst breissisch?«

Der Selcherbauer stand drüben am Dorfbrunnen und tränkte seine Ochsen. Er nickte beifällig und rief dem Gablhofer etwas zu, das ich nicht verstehen konnte. Dann lachten sie beide laut, daß die Ochsen von der Tränke aufsahen und ihre blöden Augen nach mir richteten.

Und jetzt klinkte der Gablhofer übermütig meine Türe auf – da hatte ich ihn wieder in meiner Redaktionsstube.

Er hatte mir aber ein Klafter Holz geliefert, das zu bezahlen mir noch nicht gelungen war; so war Schlimmes von seiner Zunge zu befürchten.

»Gablhofer –«

Es fiel mir aber keine Fortsetzung meiner Ansprache ein, als ich ihn breitspurig dastehen sah und seinen Atem roch, der übel war wie saures Bier und um dessentwillen ich ihn hätte vergiften können.

Er lächelte gemein und begann zu schnupfen, und die Geräusche seines Schnupfens und der Geruch seines Brasiltabakes beleidigten mich gleichmäßig. Er aber lachte.

Und als er zu reden begann, klang seine Stimme bösartig trotz seinem Lachen, und ich schwur, den Ort zu verlassen, in dem dieser Mann lebte und regierte.

»Jetz muaßt dir halt amal vom Bismarck a Klafter Holz herfahrn lassn!« begann er.

»Hm ...« lächelte ich.

»Dees breissisch Holz brennt vui besser als wia dees boarisch, werst schoh sehgn!«

»Gablhofer –«

»Und voh mir kriagst aso koans mehr, dees mirkst dir. Du bist ja a ganz a Breissischer, du!«

Er zog sein blaues Schnupftuch und arbeitete umständlich an seiner Nase. Ich setzte mich gelassen an meinen Schreibtisch und beschloß, seiner Brutalität mit keinem Wort entgegenzutreten. Es war das Klügste, ihn mit Verachtung zu strafen.

»Und der Herr Kaplan hat gsagt: jetz wern ma ganz breissisch, hat er gsagt. Dees mirkst dir, daß er dees gsagt hat. Da Bismarck hi, da Bismarck her! hat er gsagt. Is a saubers Blattl, hat er gsagt.«

Ich horchte auf; die schönen Verse erklangen in mir, die der Herr Kaplan meinem Gedicht hatte einverleiben wollen: Sankt Florian – die heilige Christenlehre. Ich erkannte die Gefahr, die heranzog.

Nun dröhnte des Gablhofers Stimme.

»Du wannst mir net gehst mit dein Bismarck! Dees is ja a ganz a Breissischer, der Bismarck!«

Da ging die Türe ganz leise auf, die von meiner Schreibstube zum Setzer führte. Ich fühlte den Luftzug und sprang auf: der Setzer lugte herein und wie ein Sonnenstrahl lag die Schadenfreude auf seinem Gesicht.

Aber ich schlug die Türe vor seiner Nase zu und schob den Riegel vor.

Und dann trat ich auf den Gablhofer zu und stellte mich fest vor den Feind: »So, Gablhofer, und was willst noch von mir?«

Er sah mich verdutzt an und würgte eine Weile an seinen Gedanken herum.

»Was willst von mir, Gablhofer?«

Er brummte unbehaglich.

»Da Bismarck hi, da Bismarck her,« sagte er dann, »dees will ih. Ob von unseroan aa was drin steht? hat der Herr Kaplan gsagt. Nix steht von unseroan drin! Aber da Bismarck steht auf der allererstn Seitn, hat er gsagt, da Bismarck hi, da Bismarck her.

Unseroaner is nur geacht und angsehn, wann er Fackein zum verkaffa hat. Da is unseroaner geacht und derf recht zahln und steht mit seine Fackein auf der hintern Seitn!«

Er schnupfte zornig.

»Gibt dir der Bismarck was zum Löhn?« schrie er dann wieder. »Laßt er's bei dir ausschreibn, wann seine Fackein so weit san?«

Ich setzte mich wieder an meinen Schreibtisch und ließ den Bürgermeister reden.

»Ob er's bei dir neidruckn laßt, frag ih, wann seine Fackein so weit san? dees frag ih! Ob er dir was z' Löhn gibt, ha? Mehra will ih net wissn von deiner!«

Ich sprang mit einem Ruck auf, aber er ließ mich nicht mehr zum Wort kommen.

»Pfiffa is auf dih mitsamt dein Bismarck, dein ganz breissischn, daßt es woaßt! Dees sag dir ih, der Bürgermoaster voh Polykarpszell! Dees kannst in dei Blattl neischreibn: ih hab's gsagt!«

Und ging und schlug wütend die Tür hinter sich zu – ich hätte ihn vergiften können.

Aber so standen die Aktien: der Ehrgeiz dieses Mannes war durch Bismarck konstant beleidigt worden und verlangte Sühne. Undedingt mußte über den Gablhofer etwas berichtet werden; die Liste seiner Dummheiten, die Chronik seiner Räusche, das Maß seiner Roheit – gleichviel, irgend etwas mußte über den Mann geschrieben werden.

Ich grübelte schwer.

Die Türe öffnete sich abermals: da stand er schon wieder ...

»Und daß ih mir von dir nixn gfalln laß, dees mirkst dir! Von so an Verräter, von so an breissischn, daßt es woaßt!«

Die Türe dröhnte wieder – aber fort war er.

Betrachtung:

Der preußische Verräter war nicht auf seinem Miste gewachsen. Auch den hatte der Herr Kaplan erfunden, den ich um seine acht Verse über den heiligen Sankt Florian und seine dichterische Empfehlung der heiligen Christenlehre geprellt hatte.

Aber nun freute ich mich erst dieser Prellerei.

***

Die Kranzwirtin von Perchting kam mit ihrem Wägerl angefahren und linderte meinen Zorn. Sie klopfte artig an, grüßte hell und machte einen altväterlichen Knix.

Sie besuchte mich jedes Jahr um diese Zeit, um mich feierlich zum hohen Kirchweihfeste einzuladen. Draußen stand ihr Bräundl und versuchte im Straßengraben zu weiden.

Und die Kranzwirtin erzählte: die Schweinderln sind schön fett und die Hähndln sind recht bei Fleisch. Und Leberknödl gibt's und Kirchweihnudeln. Soll eine hergehen, eine Grafenköchin oder eine herzogliche, und soll's ihr nachmachen, solche Leberknödl!

Und grüßte wieder hell und knixte und zwang den alten Bräundl zum Traben.

So hatte sie den Gablhofer aus meinem Kopfe leicht verjagt und nur den Kaplan drinnen gelassen, der sich fortwährend über seine unterschlagenen Verse ärgerte und mich kreuzfidel stimmte.

Und drum schrieb ich mit Lust der Kranzwirtin meine Empfehlung in die Zeitung: daß die Schweinderln so schön fett und die Hähndln so gut bei Fleisch sind. Und Leberknödl – soll halt eine hergehen, eine Grafenköchin oder eine herzogliche, und soll's ihr nachmachen, solche Leberknödl:

Brauch koa Fleischpastetl,
brauch koan Fisch mit Grätl,
und koan Schnepfendreck rühr ih net oh –
aber Leberknedl, aber Leberknedl
voh da Kranzwirtin brauch ih schoh!

Brauch koa schöne Gredl,
brauch koan Schatz ins Bettl,
und am Bussln liegt ma gar nix droh –
aber Leberknedl, aber Leberknedl
voh da Kranzwirtin brauch ih schoh!

Brauch koan Fliagnwedl,
brauch koa Amuletl,
Fliagn, teats auffa, was ih tragn koh –
aber Leberknedl, aber Leberknedl
voh da Kranzwirtin brauch ih schoh!

Brauch koa Fleißbilletl,
brauch koan Guldnzetl,
und mit Pfandbrief konn ma neamad oh –
aber Leberknedl, aber Leberknedl
voh da Kranzwirtin brauch ih schoh!

Brauch vorn Kopf koa Bretl
und koa Kron am Schädl
und koan Purpur leg ih gar net oh –
aber Leberknedl, aber Leberknedl
voh da Kranzwirtin brauch ih schoh!

Mehr wußte ich über die berühmten Leberknödel der Kranzwirtin nicht zu sagen. Ich hätte diese Knödel auch also beschreiben können: das sind Verse, die in der Küche gereimt werden – aber das hätten die Polykarpszeller nicht verstanden.

***

Als ich bei der Kranzwirtin die Stube zum Bersten gefüllt sah, freute ich mich des Erfolges meiner Verse.

Die Kranzwirtin grüßte hell und knixte.

»Gleich werd's Hähndl firti sei!« flüsterte sie und lief in ihre Küche.

Ich sah mich in der Stube um – ach, der Gablhofer war auch erschienen.

Er grinste, als er mich sah, und stieß den Gori von Garetshausen an, der neben ihm saß. »Der und da Bismarck!« höhnte er.

Und das böse, berüchtigte Maul des Gori ergänzte: »san zwoa Breissische, oaner wia der ander, Alexander!«

Und da alles verständnisvoll schmunzelte, jubelte der Gablhofer: »Für'n Gori a Maß auf mein Nama! Gori, weilst mei Freund bist, alter Bazi!«

»Sollst schoh lebn aa!« kreischte der Gori und tat einen langen sicheren Schluck.

Ich erkannte, daß ich mich auf einem heißen Boden befand und fühlte mich momentan durch einen dichten Nebel beengt. Aus diesem Nebel aber tauchte eine Gestalt auf und nahm die Züge des Polykarpszeller Kaplans an, die tiefbefriedigt lächelten.

Der Lehrer von Machtlfing klopfte mir auf die Schulter und

zerstörte freundlich die Spukgestalt. Er lud mich an seinen Tisch, aber ich setzte mich ohne Freude nieder.

Da stellte mir die Kranzwirtin den Teller mit Leberknödeln einleitend hin und der Duft von Majoran und Fleischbrühe stieg mir artig in die Nase. Ich sah den Lehrer über der gleichen Speise lächeln und gewann Mut und aß.

Aber der Gablhofer schrie: »Gori, alter Schwed, magst aa was zum Fressn, wo nix kost?«

»I schoh!« gröhlte der Gori.

Der Gablhofer: »Würst her, a Dutzat!«

Dem Lehrer war der Löffel wie mir entfallen. Er stemmte die Arme auf den Tisch und sah bös nach dem Gablhofer und seinem Kumpan. Und der Gablhofer wich den Blicken des Lehrers aus, und seine Tischgesellen beugten sich tiefer über ihre Krüge und wollten nichts gesagt haben und wehrten sich stumm des Einverständnisses mit dem Gablhofer.

So hatte ich in dem Lehrer von Machtlfing einen guten Kampfgenossen gewonnen.

Und plötzlich freute ich mich wieder des Kirchweihtages.

Es war ruhig geworden in der Stube. Der Gablhofer ließ seinen Grimm an den Würsten aus und die unheimliche Schnelligkeit, mit der er und der Gori unter diesen Würsten aufräumten, zwang die Bauern, ihre Gespräche zu verlassen und die Fresser zu begucken.

Die Würste waren verschwunden.

»Wiaviel ham ma gfressn?« frug der Gablhofer beiläufig.

»A Dutzat erst,« sagte der Gori.

»Nohmal a Dutzat!« schrie der Gablhofer. »Und eigschenkt. Gori, sollst lebn, du Galgnbazi! Und zahln tua ih, dees mirkst dir!«

Der Lehrer sandte wieder einen Blick nach drüben, und der Gori unterdrückte seine Antwort an den Gablhofer. So waren wir Herren der Situation geworden und vergnügten uns an den Hühnern, die die Kranzwirtin mit einem braven Knix präsentiert hatte.

Aber der Gablhofer und der Gori fraßen Würste. Es war in ihnen ein großer Eifer erwacht, der sich zum Stolz auswuchs, als er das allgemeine Interesse fand. Eitlen Auges sah der Gablhofer dann und wann umher.

Und rief wieder: »Noh a Dutzat!«

Der Gori: »Ein Vivat hoch!«
Und dann fraßen sie wieder.
Es war schrecklich, als die Kranzwirtin zum Schlusse berechnete: vierundfünfzig Würste, tut soundsoviel, und zweiunddreißig Maß, tut soundsoviel.
»Wia viel?« prahlte der Gablhofer und ließ sich's wiederholen. Sein strahlender Blick durchirrte die ganze Stube und gewann an Eitelkeit, als er an dem Lehrer und mir vorbeiglitt.
Und dann hörte ich wieder die laute Stimme: »Und jetz muaß a Schmarrn her voh zwanzg Oar! Voh zwanzg Oar, sag ih!«
Der Gori: »Voh zwanzg Oar!«
Aber seine Stimme klang schon müde.

**

Da blitzte es in mir auf: die vierundfünfzig Würste und die zweiunddreißig Maß …
Hie Bismarck, hie Gablhofer!
Der Name Gablhofer ist auf der allerersten Seite der Zeitung zu verbuchen.
Gewiß, ich haßte den Mann, wie das Pferd des Kreuzwegschusters von Polykarpszell die Kuh haßt, mit der es der Schuster an den Pflug zu spannen pflegt. Aber ich hatte mit dem Gablhofer zu tun wie dieses Pferd mit der Kuh. Ich brauchte seine Geneigtheit und mußte es verstehen, an seiner Seite zu marschieren.
Ich besann mich auf die Details der großen Tat und entwarf im Kopfe einen längeren Bericht.
Da stand der Gablhofer vom Tische auf und ging. Der Gori folgte ihm – die ungeheure Schüssel Schmarrn war bis zum Boden geleert.
Ich stürzte den beiden nach. Ich vergaß alle persönlichen Reminiszenzen und sah im Gablhofer nur mehr den Helden des lokalen Teils meiner Zeitung.
Wanke nicht, mein Held! Meine Feder ist ehrlich und wird dein Straucheln ebensowenig verhehlen wie deine Mannhaftigkeit – wanke nicht, mein Held!
Und er wankte nicht.
Aber der Gori erzwang meine Aufmerksamkeit durch sehr häßliche Begebenheiten. Er war ein Held geringeren Grades und litt an den Folgen seines Heldentums sehr. Dann wankte er zu den Zwetsch-

genbäumen im Wirtsgarten und streckte sich lang und breit hin und schnarchte, daß die Sonnenstrahlen zitterten, die ihn beschienen.

Der Gablhofer indes schritt aufrecht und groß dahin. Am Gartenzaun wandte er sich um und sah freudigen Gemütes die an, die ihm nachblickten und ihn bewunderten.

Und rief:

»Dees muaßt schreibn! Net Bismarck hin und Bismarck her. Dees solln s' uns nachmacha z' Breissn hint!«

Das galt also mir.

Schier erfreute mich der Zuruf. Er bekräftigte mein Vorhaben und außerdem sah es so aus, als ob die Worte des Gablhofers einen speziellen Teil seines Heldentums auf mich abgeladen hätten – die Leute sahen mich voll Neid an.

Aber da wandte sich der Gablhofer auch der Allgemeinheit zu:

»Werd schoh z' Landstettn aa noh a bißl was z' fressn gebn!«

Und gelassen ging er dann seinen Weg. Sein Ruhm war groß, und die Leute sahen den Gori verächtlich an, der unter den Zwetschgenbäumen schnarchte.

Der Lehrer von Machtlfing aber sagte: »Der welcher wohl die größer Wildsau is von dene zwoa?«

***

Ich beschrieb das Ereignis ausführlich.

Bezüglich des Gablhofers hatte ich noch zweier Nierenbratl zu erwähnen, die er beim Leix in Landstetten, und zweier gselchter Würste mit Kraut, die er beim Schalper in Söcking verspeist hatte.

Aber über den Gori vermerkte ich, daß er erst anderntags ums Vesperläuten sein Bett unter den Zwetschgenbäumen verlassen habe und daß er dann beim Bader von Landstetten eine Meisterwurzmedizin eingenommen habe. *Sapienti sat!*

Mein Bericht machte den Gablhofer ungemein populär. Ich hatte auch meiner dichterischen Begabung nicht vergessen und dem Ganzen durch eine abschließende Ballade die Krone aufgesetzt:

> Aber z' Perchting, da sitzn zwoa Leutl:
> »Frau Wirtin, jetz trag nur grad auf!
> Der Tisch, und der därf sih schoh biagn,
> schöne Taler, und dee werst schoh kriagn,
> Frau Wirtin, jetz trag nur grad auf!«

Aber z' Perchting, da lafft die Frau Wirtin,
lafft hin, aber und sie lafft her,
sie lafft mit die Schüßln voll Würstl,
sie lafft mit die Krüag für die Dürstl.
lafft hin, aber und sie lafft her.

Aber z' Perchting, da hört ma oan redn:
»Jetz ghörat a Pfannaschmarrn her!
Dee Würst, dee san gar aso weni,
jetz ghörat a Oarschmarrn zu deni,
jetz ghörat a Pfannaschmarrn her!«

Aber z' Perchting, da is oaner ganga,
den andern hat's Lüfterl verwaaht;
es werd's uns der Bader schoh sagn:
er hat halt an gar schwachn Magn,
sunst hätt 'n net 's Lüfterl verwaaht!

Und z' Perchting, da hört ma nix anders,
und sie verzähln's noh in Jahr und Tag:
in Polykarpszell giebt's Kuraschi,
in Garetshausn Blamaschi –
so erzähln s' es in Jahr und Tag!

Das prägte sich dem Gedächtnis der Leser besonders ein, und der Gablhofer hörte meine Reime oft in diesen Tagen. Es freute ihn sehr, wenn ihm in den Wirtshäusern, die er zu besuchen pflegte, die kräftigen Strophen zum Willkomm entgegenschallten.

Und: Das söhnte ihn völlig wieder mit mir aus und verdarb dem Kaplan den begonnenen Feldzug gegen die Ortspresse. Der Gablhofer kam aus ganz freien Stücken zu mir und sagte mit Nachdruck: »So breissisch bist na doh net, wia der ander moanat!«

Der ander – das ist aber der Herr Kaplan.

Und am selben Abend kam des Gablhofers Annamirl und brachte in dem Korb, den ich liebgewonnen hatte, ein sehr großes Stück Rauchfleisch und zwanzig Eier. Aber sie weinte und sagte, ich dürfe so etwas nicht wieder schreiben. Es sei ganz schrecklich. Da sie sehr bekümmert war, küßte ich sie oft und versprach ihr für die Fahnenweihe des Burschenvereins Aufkirchen, die zu

Ostern bevorstand, ein sehr schönes Gedicht, aufzusagen im weißen Kleid.

»Ja, a Poesiegedicht!« sagte sie verklärt und ging besseren Mutes von dannen.

Ich wollte sie geleiten – aber ich sah den Gori draußen verdächtig herumlungern, und es fiel mir ein, daß er sich beim Obern Wirt geäußert habe: er lasse sich von mir niemals keinen Sapienti Satt nicht heißen und er tät keinen Guten nicht rauchen.

Als der Gablhofer wieder kam, erzählte ich ihm die Sache mit dem Gori.

Er brauste auf:

»Der Lump, der gottverdächtigi! Soll sih nur net sehgn lassn vor meiner, der traurih Hanswurst, der traurih!«

Und dann bot er sich an, mich zum Obern Wirt zu geleiten, so oft und wann ich nur wolle. Und da ich gleich dieses Willens war, gingen wir zum Obern Wirt.

Horch:

> In Polykarpszell giebt's Kuraschi,
> in Garetshausn Blamaschi –
> so verzählt ma in Jahr und Tag!

Er lachte beifällig und ließ ein Faß auflegen. Und dann saßen wir und tranken, und der Bader von Landstetten erzählte vom Gori und seinen Schmerzen und wie er ihn wieder hergerichtet habe auf den Glanz.

Der Gablhofer schlug vor Freuden auf den Tisch, daß die Krüge tanzten, und schrie zu den vergnüglichen Episoden, die der Bader in die Leidensgeschichte des Gori einwob, immer wieder: »Dees muaßt nohmal verzähln, dees muaßt nohmal verzähln!«

Und der Bader: »Ih sag dir, den hast auf zehn Meter gegn an Wind riacha könna – ih lüag net: auf guatding zehn Meter ...«

***

Der Gablhofer zog Eier aus der Tasche, die ihm seine Bäurin hartgesotten hatte, und begann sie behaglich zu verzehren. Er dachte weiter nichts dabei, aber aller Augen wandten sich plötzlich mit Interesse nach ihm und erwarteten Großes von seiner Eßkunst. Der Gablhofer sah's mit Schrecken und verwünschte sein Weib, das ihm nur fünf Eier für die Vesper genehmigt hatte.

Und da zählten sie ihm die Eier schon in den Mund: eins, zwei, drei, vier.

Besonders der Graabpichler war sehr aufmerksam und fing bei Ei Nummer Zwei bereits laut zu zählen an. Und beim vierten rief er: »Nummara Vieri! Aufpaßt, Leit, Nummara Vieri!«

Schon spannten sich die Erwartungen, als der Gablhofer das fünfte aus der Tasche zog. Er erschrak sehr und betrachtete dieses letzte Ei unsicher und schien den Wunsch zu hegen, daß es sich jäh verzwanzigfachen möge.

Es vermehrte sich nicht.

»Friß zua!« verlangte der Graabpichler.

Der Gablhofer sandte einen Blick voll Angst nach mir – ich konnte ihm nicht helfen. Dann schrie er der Wirtin: »Tuast a Dutzat Oar her, hartgsottni!«

»Unsere Hennan mögn net legn,« klagte die Wirtin, »es is rein aus der Weis', daß s' net legn.«

Jetzt sank der Ruhm des Gablhofers um viele Grade, und der Graabpichler wandte sich geringschätzig von ihm ab und schlug einen schönen Tarok vor.

»Halt!« schrie der Gablhofer plötzlich und stierte auf sein Ei. »Dees werd so gfressn, als a ganzer. Derf koa Stückl voh der Schoifer derdruckt wern – vielleicht bruat's der Magn schö aus!«

»Mei liaber,« begann der Bader von Landstetten bedächtig – aber der Graabpichler schlug wütend auf den Tisch und bat sich Ruhe aus, damit man nichts von dem Vorgang verliere.

Der Bader: »So a harts Oar –«

Der Graabpichler: »Halt's Maul, Bader!«

Und da verschluckte der Gablhofer sein Ei. Es stemmte sich erst ein wenig im Halse, aber dann sah man es deutlich verschwinden.

»Bist a Viech, bist a Viech!« johlte der Graabpichler entzückt; »bist a Viech mit Haxn!«

»Mh ...« sagte der Bader, »mh!«

Der Gablhofer wechselte die Farbe und brummte: »Bist halt der spinnat Bader und bleibst es!«

»Mh ... Holst mih halt, wannst moanst, daß's an der Zeit is.« Und der Bader brach auf.

Und der Gablhofer wechselte abermals die Farbe.

Ich fand die Situation sehr unbehaglich und griff nach meinem

Hute. Der Gablhofer ging mit, obwohl der Graabpichler einen Tarok vorschlug.

Als wir vor meiner Redaktionsstube landeten, sagte der Gablhofer unruhig:

»Deesmal schreibst nix ins Blattl, daßt es woaßt!«

***

Am übernächsten Tag mußte die Annamirl nach Landstetten um den Bader laufen.

»Mh!« sagte er, als er den Gablhofer im Bett antraf, »is 's noh allweil net ausbruat?«

Der Gablhofer stöhnte: »es druckt mir ferm an Magn ab. Es will halt net schliaffa.«

»Mh.«

»Ih brauch koa Mh, ih brauch was zum Einehma!«

»Mh.«

»Mach mih net narrat, Bader!« Der Gablhofer schwitzte schwere Schweißtropfen.

»A schöns Klystierl wern ma macha, a recht a saftigs!« sagte der Bader.

Und der Gablhofer erhielt eine ansehnliche Portion Seifenwasser eingeflößt, die ganze dicke, alte Spritze voll, und der Bader schwur: »Da wern ma's fürifanga, 's Hähndl! Werst es gleich gackezern hörn!«

Die Gablhoferin steckte die geweihte Kerze an und begann mit der Annamirl den Rosenkranz – aber das Ei verließ den Magen nicht.

Der Gablhofer fluchte Stein und Bein über den Bader und ließ einspannen und den Tutzinger Doktor holen.

Der Tutzinger Doktor verfuhr wie der Bader von Landstetten – aber das Ei blieb.

Der Gablhofer krümmte sich vor Schmerzen, und die Bäurin lief in den Pfarrhof.

***

In der vierten Nacht begannen sie um eine glückselige Sterbstunde zu beten und wachten bis zum Morgen. Aber der Morgen traf den Gablhofer noch am Leben, und die Bäurin und die Annamirl eilten in die Kirche und forderten das Gebet der Gesamtheit für einen Sterbenden.

An diesem Morgen aber hatte der Gori im Hofe herumgelungert und freute sich des Moments, da die Bäurin mit ihrer Tochter das Haus verließ.

Er drückte sich in die Kammer des Gablhofer und schimpfte: »Lump, Lump!«

»Gori!« stöhnte der Gablhofer.

»Han, wer is denn jetz der Sapienti Satt? Wem hat er denn schoh am Krawattl, dersell Sparifankerl? Han?«

»Gori, hilf –«

»A Lumpazi bist, a ganz a ölendiger!« Der Gori trat ans Bett und schimpfte mit Lust. Aber da klammerte der Gablhofer seine Finger an den Rock des Gori und zerrte sich vom Bette auf.

»Jetz, jetz!« kreischte er.

»Laßt mih net gleih aus!« schimpfte der Gori.

Aber der Gablhofer schrie nur: »Jetz, jetz!«

Und die qualvoll gehemmte Natur brach sich Bahn. Die Angst vor dem Gori hatte mächtiger gewirkt als die Klystiere des Baders von Landstetten und des Doktors von Tutzing.

Der Gablhofer löste erschöpft seine Finger vom Rock des Feindes, ließ sich schwer auf die Seite fallen und ächzte und ächzte.

Der Gori trat verdutzt vom Bette weg und sagte mit Abscheu: »Pfui Teifi, pfui Teifi – du bist ja a ganze Wuidsau! Wuidsau! sag ih, Wuidsau!«

Er schüttelte die Fäuste vor Wut; aber der Gablhofer sagte nur: »Ah – weilst nur grad kemma bist, Gori …«

»Brauchts da mih?« brüllte der Gori und war sehr beleidigt.

»Gori …« Der Gablhofer bewegte hilflos den Kopf, »ich verhunger, Gori …«

Der Gori höhnte: »Der noblige Herr Sapienti Satt verhungert!«

»Ih verhunger!«

»Dees muaß ins Blattl!« jubelte der Gori. »Wia daß der Herr Sapienti Satt verhungert is!«

Aber jetzt erschreckte ihn die Angst in den Augen des Gablhofers und er stimmte seinen Jubel zu einem Brummen herab: »Ih hab nix zum Fressn bei mir –«

Der Gablhofer schwieg erschöpft.

Da geriet der Gori in Angst und lief in die Küche. Aber er vermochte nichts Eßbares aufzutreiben.

Als er wieder in die Kammer trat, hielt der Gablhofer ein Ei in der Hand, das er unverwandt anstierte.

»Wuidsau!« brüllte der Gori und stürzte sich auf den Gablhofer und entriß ihm das Ei.

Dann wusch er eine Weile im Waschbecken.

Das Ei ward wieder angenehm weiß.

Der Gori zog sein Messer und ließ es durch die Schale klatschen – das Ei war wohl erhalten. Er gab dem Gablhofer die Hälfte. Der Kranke kaute und kaute. Dem Gori lief das Wasser im Munde zusammen. »Bazi! Bazi!« brüllte der Gablhofer plötzlich. Aber der Gori hatte die andere Hälfte schon verschlungen.

***

Der Kaplan konnte es sich nicht versagen, in seiner nächsten Sonntagspredigt über die Macht des Gebetes im allgemeinen und im besonderen einiges darzulegen. Auch vergaß er nicht, seine Anschauungen über die Verderbtheit der Presse mit einzuflechten. Er sprach von den Verführern des Volkes und alles schielte nach mir.

Nur die Annamirl nicht; sie sah gerührt zu dem Prediger auf und nickte langsam mit dem Kopfe.

Die Wunder von Polykarpszell

Eines Tages packte den Graabpichler der Ehrgeiz und zwang ihn, mit einer ungeheuren gelben Rübe in meine Redaktion zu kommen. Er hatte den langen Rock mit den Vierundzwanzigerknöpfen angetan und sah sehr feierlich aus, als er die Rübe auf meinem Schreibtisch niederlegte.

»So schaugn an Graabpichler seine gelben Rüben aus!« erklärte er mit vielem Stolz.

Ich sagte ihm eine Artigkeit, gab die Rübe in die Küche der Eggenhoferin und schrieb in meine Zeitung, daß beim Graabpichler gelbe Rüben von zweieinhalb Pfund Gewicht wachsen. Unsere Gratulation dem wackeren Bebauer seiner Scholle!

Das Rezensionsexemplar gab ein vorzügliches Gemüse und ich rechnete lebhaft mit ähnlichen zukünftigen Ereignissen.

Aber wenn auch die ehrenvolle Erwähnung des Graabpichlers den Ehrgeiz der anderen entfachte, so wurden mir doch zunächst nur die ersten verfrühten Maikäfer überbracht, für die ich keine rechte Verwendung hatte. Notieren mußte ich die Vorfälle gleichwohl: »Heute überraschte uns Herr Simon Lechner, Kagerbauer dahier, mit einem lebendigen Maikäfer. Gewiß eine Seltenheit in dieser Jahreszeit, welche in der Naturgeschichte einzig dasteht. Wir gratulieren!«

Der Kagerbauer war eitel genug, um diese Notiz hinter Glas und Rahmen zu geben, und sandte mir in seiner Dankbarkeit eine Flasche seines selbstangesetzten grandiosen Weichselschnapses.

Und der Bächleschwab sah die erste Schwalbe fliegen – ich erhielt einen kleinen Sack ganz guter Äpfel.

Aber dann kam wieder der Graabpichler in die Zeitung und zu Ehren: seine brave Immenstädter Kuh hatte ein Kalb mit fünf Beinen geworfen. Und dieses Kalb lebte!

Der Graabpichler konnte in seiner großen Erregung über den Fall den langen Rock mit den Vierundzwanzigerknöpfen nicht finden und mußte mich daher in seiner Stallkleidung aufsuchen. Ich verstand seine sprudelnde, wirre Rede lang nicht, und machte mich endlich auf, um das Wunder an Ort und Stelle zu beschauen.

Es stimmte. Das Kalb war guten Mutes, obwohl ein fünftes überflüssiges Bein sein rechtes Vorderbein begleitete. Verkümmert allerdings und kraftlos. Das gab einen großen Artikel mit dem Schlußsatz, daß die Münchener bei ihrer großen Verehrung für Kalbshaxen ihren Bedarf am zweckmäßigsten beim Graabpichler in Polykarpszell decken könnten ...

Und siehe: die Notiz erschien in einem Münchener Blatte wieder, und eines Tages tauchte ein sehr eleganter Herr in meiner Redaktion auf und frug nach dem Graabpichler und seinem Kalbe.

Die Polylarpszeller wurden sehr neugierig, als sie mich mit dem Fremden zum Graabpichler gehen sahen – und gingen mit. Die im Stalle nicht mehr Platz fanden, umlagerten das Haus. Buben und Mädel aber waren auf die Obstbäume im Garten geklettert.

Der Graabpichler forderte stolzen Tones zehntausend Mark für das Naturwunder.

Er erhielt vierhundert und fuhr vergnügt den Fremden mit dem Kalbe nach München.

**

Die Sache hatte für mich unangenehme Folgen: es wurde kein Kälblein mehr geboren, ohne daß ein Hüterbub in meine Redaktion rannte und mir Bericht über fabelhafte Abnormitäten erstattete. Ich fiel dreimal auf diese Meldungen herein, und der elegante Fremde kam infolgedessen einmal umsonst nach Polykarpszell – er wurde recht unhöflich und stieß drohende Worte aus wider mich und den Kollegen des Münchner Blattes, der mir die Notiz nachgedruckt hatte.

Ich wurde vorsichtig.

Aber es ereignete sich, daß der Kreuzwegschuster eines Tages in meine Redaktion stürmte und von seiner Gaiß sprach, die ein Zicklein mit sechs Hornansätzen geworfen habe.

Als ich mich ablehnend verhielt, wurde er wütend und drohte mir mit vielen Eventualitäten. Ich blieb gleichwohl halsstarrig und erbat für mich und das Zicklein eine Frist von sechs Wochen.

Er gab nach. Aber als die sechs Wochen um waren, verlangte er höhnisch, ich solle sein Kitzlein beschauen – es half nichts dawider, ich mußte den schweren Gang gehen.

Wehe, es hatte wirklich sechs winzige junge Hörnchen …

»Und groß muaß's drin steh und auf der erstn Seiten!« erklärte der Schuster, »und dee dickern Buachstabn nimmst her, daß es woaßt!«

Ich weigerte mich: auf der ersten Seite stehen nur amtliche Bekanntmachungen in Fettdruck. Wenn er mit kleinen Lettern zufrieden wäre …

Nein, das fiele ihm gar nicht ein, zufrieden zu sein. »Dee allerdickern müaßn her, und iatz grad mit Fleiß koane andern net! Dir wolln ma's sagn!«

Er rannte zum Gablhofer und verlangte ihn in seiner Eigenschaft als Bürgermeister zu sprechen.

Ach, dem Gablhofer gefiel's, mir den Streich zu spielen, er machte den Fall zu einem amtlichen und schmiedete mit dem Schuster eine Bekanntmachung:

»Indem das bei Herr Lorenz Deiglmayr Kreizwegschuster dahir die schwarz Goas ein Kits geworfen hat und had das Kits sechs herner so wierd das himit amblich bekantgeben.

Polykarpszell dem II Juny

Josef Gablhofer Bürgermeister.«

Gut, ich druckte die Bekanntmachung ab; aber entgegen meinen bisherigen Gepflogenheiten ließ ich Stil und Orthographie des Bürgermeisters im Urzustande.

***

Der Graabpichler krähte zuerst den Gablhofer und dann mich grollend an, weil das Kitz des Kreuzwegschusters auf dem amtlichen Weg bekanntgegeben worden war. Ob sein Kalb mit den fünf Füßen vielleicht nichts gewesen sei? Ob er gar niemand sei gegen den lumpeten Schuster?

Ich vertröstete ihn auf die Zukunft: es wird noch manches Interessante über den Graabpichler zu schreiben geben! Da nickte er befriedigt und blieb mein Freund.

Der Schuster aber kam Tag um Tag zu mir und frug entweder verlegen oder frech, ob derselbige Herr noch nicht nach ihm und dem Kitz gefragt habe?

Ich verneinte regelmäßig und freute mich meiner Antwort. Denn bereits hatte der Schuster beim Obern Wirt angedeutet, daß es Graabpichler gebe, die sich über die Ohren hauen lassen und daß es Schuster gebe, die hell sind auf der Platten. »Unter dreitausat Mark kriagt er mei Kitz gar nia net – san fimfhundert fürs Hörndl!«

Mit der Zeit wurde er unruhig. Ich schlüpfte oft aus meiner Schreibstube, wenn ich ihn heranhumpeln sah, und ließ ihn stundenlang warten, bis ich ihm das stereotype Nein meldete.

Eines Tages erschien er mit einem Paar fester, sauberer Schuhe. »Wern dir wohl passn?« frug er.

Ja, sie paßten mir.

»Net daßt moanst, du muaßt dee Schuach zahln!« sagte er prahlerisch. »Dee san a Hypathek, wost auf mein Kitzl hast, werd nix weiter gredt – is er schoh da gwen, derselbige Herr?«

Nein, der Mann, der des Graabpichlers Kalb um vierhundert Mark gekauft hatte, war nicht wiedergekommen.

»Daß er so lang net kimmt?« sagte der Schuster besorgt. »Dees Kitzl muaß er doh kaffa!«

Ich verhehlte ihm nicht, daß das Münchner Blatt noch keine Notiz von dem jüngsten Polykarpszeller Ereignis genommen hatte.

»So?« sagte er stirnrunzelnd; »dees steht gar net drin z' Münka? Ja, was waar denn net dees!«

»Nein, es ist in den Münchner Blättern nichts davon gestanden.«

»Aber nei muaß's!« schimpfte er; »was waar denn net dees!«

So beschrieb ich also dem Münchener Blatt die Affäre des Kreuzwegschusters ausführlich.

Aber es ereignete sich nichts.

Dann sandte ich die interessante amtliche Bekanntmachung des Gablhofers, blau angestrichen.

Keine mitfühlende Zeile.

Und eines Tags zerriß der Wolfshund des Polykarpszeller Schäfers das Wunderzicklein in Fetzen, als es sich an seine Schafherde gewagt hatte.

»Muaß dees aa amtlich bekanntgebn wern?« frug der Graabpichler, als ihm der Kreuzwegschuster unter Tränen die Tragödie berichtete.

***

Und siehe: da der Kreuzwegschuster den letzten Fetzen Kitzfleisch, den er aus dem Rachen des Wolfshundes gerettet hatte, auf seinem Herde briet – da las ich in dem Münchener Blatt die seltsame Bekanntmachung des Gablhofers.

Ich schwitzte vor Angst. Lebhaft sah ich den eleganten Herrn vor mir, und ich hörte, wie er mit dem Schuster um das Kitz mit dem Sechsgehörn feilschte. Oder hörte ich Grobheiten?

Ich setzte mich hin und schrieb für das Münchener Blatt eiligst die tragische Fortsetzung der Komödie – da kam der Graabpichler mit strahlender Miene.

»Meini Öpfi muaßt sehgn,« begann er, »meini Öpfi! San Kaiser-Alexander-Öpfi – aber so schwaar, als wia dee san, giebt's es in der ganzn Welt nimmer!«

Seufzend ging ich mit dem Graabpichler. Es stimmte: zwei Bäume seines Gartens hingen voll riesiger Äpfel, wie ich sie nie gesehen hatte.

»Schreibst es nei?« frug er freudig.

»Freilich.«

Ich schrieb's also für mein Blatt und hing's auch dem traurigen Bericht an das Münchener Blatt an.

Das Münchener Blatt brachte auch richtig die Notiz, mit der Bemerkung allerdings, daß es damit seine Berichte über die Wunder von Polykarpszell vorläufig einstellen müsse; denn es sei Gefahr, daß allmählich ganz München nach dem schönen und fruchtbaren Dorfe auswandere ...

Das war nicht ohne Berechtigung geschrieben: in derselben Nacht erschienen zwei Giesinger Maurertaglöhner mit großen Handkarren in Polykarpszell und plünderten die beiden Kaiser-Alexander-Bäume radikal ab ...

An den einen der beiden Bäume aber hefteten sie die aus dem Münchener Blatte sauber herausgeschnittene Notiz.

Aus Dankbarkeit?

Kathrein

Heil dem Vierhäuslschneider von Mintraching! Er sah meine Hose mit kundigen Blicken an, zog sie mir vom Leibe und bot mir einen Stuhl an.

»In ara halbn Stund!« lächelte er und begann dann schweigsam zu nähen, einen wundervoll grünen, wundervoll neuen Fleck auf die Sitzgelegenheit meiner grauen Hose – innerhalb einer halben Stunde.

»Sollte man nicht am Ende besser einen grauen Fleck nehmen?« fragte ich den harten Mann.

Er sah mich durch seine Brille strafend an, sprach kein Wort und nähte weiter, bis die neue Sitzgelegenheit erfunden war.

Aber ehe sie erfunden war, sah Kathrein zur Türe herein.

»Gehst außer!« schrie der Vierhäuslschneider. Denn er war ihr Vater und hielt auf Zucht und Sitte. Er sah seine Tochter so drohend an, daß sie den Blick von mir abwandte und verschwand.

Aber ehe sie verschwunden war, hatten sich unsere Augen getroffen. Und das wußte ich: nun liebte ich des Vierhäuslschneiders Tochter und sie liebte mich wieder. Auf ewig? Wer kann das wissen – es lebt niemand so lange. Aber das wußte ich: so lange der grüne Tuchfleck auf meiner grauen Hose saß, würde ich an den Vierhäuslschneider und seine Tochter denken.

Vielleicht hielt der grüne Tuchfleck ewig; er war aus dickem, zähem Wollenstoff zum Unterschied von dem dünnen Stoff meiner grauen Sommerhose.

***

Als ich von Mintraching nach Garching ging, hörte ich plötzlich hinter mir ein Lachen. Ich drehte mich um und sah den Schindlhuberknecht mit seinen langen Beinen.

»Was lachst?« rief ich.

»Da sollt ma na net lacha!« sagte er. »Hast dih in Klee neigsetzt?«

»Nein!« sagte ich verweisend.

»Na werd's scho a greane Farb gwesn sei. Sitzt du gern in ara grean Färb drin? Ih fei net!«

Ich blieb stehen und schwieg. Da kam er hohnlachend heran, sah mich von oben bis unten an und eilte dann weiter.

Es kam nicht zum Kampfe; ich wußte mich zu bezähmen, und der Schindlhuberknecht ging mir mit seinen langen Beinen viel zu schnell. Gewiß: ich hätte ihn erwürgen können vor Grimm. Aber warum das Gewissen mit einem Totschlag belasten? Und konnte nicht am Ende auch der Schindlhuberknecht als Sieger aus dem Kampfe hervorgehen? Das erschien mir nicht einmal unwahrscheinlich.

Also strafte ich seine lästernden Worte mit Verachtung und freute mich zuletzt, ein Dulder zu sein um eines grünen Sitzteiles willen, eines Sitzteiles, den ein Schneider geschaffen hatte, dessen Tochter Kathrein hieß ...

Da sah ich den Schindlhuberknecht plötzlich auf der Landstraße halten; er sah mich lächelnd an, als ich näherkam – wartete er auf mich?

»Von vorn siehgt ma den grean Fleck net,« sagte er bedächtig. »Muaßt dir halt vorn extra noh an grean Fleck naufmacha lassn!«

Ich würdigte ihn keiner Antwort.

»Laßt dir vorn aa so an grean Fleck naufmacha?« begann er wieder.

Ich verneinte die unziemliche Frage.

»Wo hast dir denn nachat den grean Fleck naufnaahn lassn?« Er sah mich kritisch an.

»In Mintraching. Beim Vierhäuslschneider.«

»So? Und warum net z' Garching beim Dirrlschneider?«

»Wird dich nix angehn!«

»Wen geht's nix oh? Was geht mih nix oh? Moanst, ih woaß's net, daßt auf d' Kathrein spechtn taatst? Moanst, ih woaß's vielleicht net?«

Ich sah ihn entrüstet an, während ich darüber nachdachte, wie dieser Mensch auf meine Gedanken kam. Hatte er mich gesehen, als ich den Vierhäuslschneider verließ? Ich hatte nach links und rechts ausgespäht – nach meiner Kathrein; in den Stall hatte ich geguckt – nach meiner Kathrein; auch in den Holzschuppen. Hatte dieser Mensch mich gesehen?«

»Ih woaß's scho!« schrie er plötzlich drohend, »ih woaß's scho! Aber dees sag ih dir: schlagn tua-r-ih dih, daß's dih hinüber- und herüberdraaht. Laß dih net derwischn von mir, sag ih dir! Ih rauch koan Guatn net!«

Und dann stapfte er weiter.

Ich überlegte: dieser Schindlhuberlnecht liebt heimlich. Er liebt die Tochter des Vierhäuslschneiders von Mintraching. Ich auch. Er aber raucht keinen Guten nicht – ja, alle hier in der Garchinger Flur rauchen den grimmig beißenden Schwarzen-Reiter-Tabak zu zehn Pfennig das Paket ...

***

Ich saß im Postwirtsgarten zu Garching und zupfte auf meiner Gitarre. Immer wenn ich diese Gitarre im Arm halte, pflegt mir der Postwirtshausl Gesellschaft zu leisten; er liebt das Saitengezupf und wollte es um alles in der Welt erlernen. Oft drückte ich seine Finger auf die Saiten – aber es schien mir, als ob der Mann nur Daumen an seinen Händen hätte. Unheimlich viele Daumen, die einander fortwährend im Wege umgingen, sich stritten und rauften zum Entsetzen der Gitarre, deren Saiten allgemach an den Daumen zugrunde gingen.

»Du wirst es nie erlernen, Hausl!« sagte ich endlich.

»Ih glaub's scho bald selbn!« antwortete er tieftraurig.

So rettete ich meine Gitarre vor dem Untergang und erreichte, daß sich der Hausl mit dem Zuhören begnügte. Ich zupfte und sang, und er hörte mir schweigend zu, während seine Augen glänzten.

»Bist du mein Freund, Hausl?« fragte ich plötzlich.

»Gwiß!« rief er.

»Hilfst mir, wann mir jemand etwas will?«

»Wer möcht dir was?« fuhr er auf.

Das genügte mir. Der Hausl von der Post ist ein kleiner Mann, aber mutig und bärenstark. Er schlägt nur mit der Linken und das ist gut so. Gott, wenn der Hausl mit seiner Rechten schlüge! Aber er schlägt mit der Linken, und ich weiß, wie dieser Schlag wirkt: da dreht sich der Getroffene im Kreise, dann taumelt er einige Schritte und dann fällt er um. So fiel der Pfanzelterknecht, so fiel der Jacklschmied Hans, so fiel der starke Metzger vom Ederpauliwirt. So fallen sie alle.

»Wer möcht dir was?« rief der Hausl.

»Ich sag dir's, wenn's Zeit is!« Ich zupfte die Saiten meiner Gitarre, um meine Freundschaft zu festigen, ich sang die alten Kasernenlieder. Dann ging ich zum Stegreif über – denn ich dachte an Kathrein, Kathrein ...

> Kathrein, schaug, wia daß d' Wiesn soviel grea san,
> soviel grea san!
> Grea flickn d' Schneider, wo voh Mintraching her san,
> voh Mintraching her san!
> Bal ih den grean Fleck an meiner Hosn sehgn tua,
> an der Hosn sehgn tua!
> Na woaß ih, daß ih d' Vierhäuslschneider Kathrein soviel
> aber soviel gern mögn tua!   gern mögn tua,
> Solang als daß der grea Fleck an meiner Hosn droh bleibt,
> an der Hosn droh bleibt!
> Bet ih, daß d' Kathrein ohne Moh bleibt,
> aber ohne Moh bleibt!
> Führt s' aber oaner amal als sei Wei weg,
> aber als sei Wei weg!
> Na tua-r-ih den grean Fleck voh meiner Hosn gleich weg,
> aber voh der Hosn gleich weg!

Der Hausl sah mich starr an, als ich mein Stegreiflied deendet hatte. »D'Vierhäuslschneida-Kathrein?« fragte er dann langsam.

»Jawohl, Hausl ...«

»Soso,« sagte er und sah mich dann mit zusammengekniffenen Augen an. »Da gehst ja du an Schindlhuabaknecht ins Gäu!«

»Wirklich? Dem Schindlhuberknecht?«

»Dees woaßt du net?«

Pause. Ich zupfte einiges, dann rief der Hausl: »Balst mir dees Liadl noh amal singst, na hau ih'n recht!«

»Wen?«

»An Schindlhuabaknecht hau ih. Fest hau ih'n!«

Mein Herz frohlockte, während meine Finger die Saiten zupften. Ich sang das Lied vom grünen Hosenfleck und der Schneider-Kathrein von Mintraching. O, daß ich es nicht gesungen hätte!

***

Am Sonntag früh half ich dem Hausl ein Pferd unterbinden, das sich eine Ader aufgeschlagen hatte. Ich bewunderte den starken Arm, der den Fuß des Pferdes hielt – aber ich sah plötzlich im Geiste den Arm des Schindlhuberknechtes vor mir. Dieser Arm erschien mir länger und massiger, die Hand daran noch klotziger als die Hand des Posthausl. Aber der Hausl lachte, als ich ihm meine Befürchtungen mitteilte. »Bei dem nimm ih ja net amal dee recht Hand! Für den tuat's ja dee linke!« sagte er. »Die linke tut's nicht, Hausl!« Ich sprach auf ihn ein, aber ich vermochte ihn nicht zu überzeugen. Ich erzählte ihm von moderner Rauftechnik, von Boxen, von Dju-Djitsu.

»Wia hoaßt dees?«

Ich erklärte es ihm hin und her und zeigte ihm verschiedene Japanergriffe. Einige taten weh, die anderen sehr weh; die sehr weh taten, die imponierten ihm.

»Noh amal!« schrie er.

Also noch einmal. Wir kämpften einen Gang um den andern aus, und schließlich war der Postwirtshausl Djudjitser geworden. Er erkannte die Macht des japanischen Kampfes und gelobte feierlich, nur mehr japanisch zu kämpfen.

Aber am Nachmittag harrten wir auf der Post vergeblich auf den Schindlhuberknecht.

»Er kommt nicht, Hausl!«

»Na suach ma 'n!«

Wir sahen beim Eberpauliwirt nach und entdeckten den gemeinsamen Feind hinter einem Maßkrug, den die rotblonde Hanni zum fünften Male gefüllt hatte.

»Der Greaflecket!« höhnte der Schindlhuberknecht, als er mich sah. Er patschte sich auf die Knie und schrie voll Vergnügen: »Der Greaflecket!«

Ich beschloß, mich vorläufig ruhig zu verhalten.

Aber der Hausl trat drohend an den Feind heran und reckte die Arme und polterte: »Moanst vielleicht mih?«

»Dih?« sagte der Schindlhuberknecht und lachte laut, »du windigs Bürscherl, dih? Bist du aa so a damischer Kerl wia der ander?«
So mußte der Kampf also beginnen.
Furchtbar zog der Hausl aus.
– – – – Da sah ich zum ersten Male einen, der sich nicht im Kreise drehte, nicht taumelte und nicht fiel, als ihn die linke Hand des Hausl getroffen hatte. Er wankte wohl ein wenig, der Schindlhuberknecht, aber er fiel nicht. Er hob diesen Arm, den ich im Geiste gesehen, diesen langen und massigen Arm, dessen Hand noch klotziger war als die des Posthausl …
Sie rauften fürchterlich.
»Hausl!« brüllte ich. »Dju-Djitsu!«
»Jawoi!« stöhnte der Hansl. Aber es war zu spät. Er unterlag bereits.
»Hausl!« Ich sprang ihm bei.
Aber plötzlich fühlte ich mich am Rock gepackt. Ich riß mich los und suchte die Kehle des Schindlhuberlnechtes. Aber meine Hand, die sich nach dieser Kehle strecken wollte, wurde plötzlich von einer anderen Hand ergriffen – von einer weiblichen Hand. Ich verspürte einen jähen grimmigen Schmerz und drehte mich mit einem Schrei um. Ich sah meinen armen Zeigefinger im Mund eines Mädels, dessen Gesicht sich vor Wut verzerrt hatte.
»Kathrein!« brüllte ich.
Aber sie biß weiter. Sie funkelte mich mit den tiefschwarzen Augen an, in die ich mich in Mintraching verliebt hatte, und nagte an meinem Zeigefinger.
»Kathrein!« schrie ich wie ein Verrückter.
Sie ließ nun doch los.
Aber das wußte ich nun: des Vierhäuslschneiders Kathrein hatte mich nie aufrichtig geliebt.
Ich ging kummervoll heim und nahm meine graue Hose und trug sie zum Dirrlschneider und befahl ihm, den grünen Fleck zu entfernen.
Er ersetzte ihn durch einen andern von angenehmer Bläue.

Der Hausierer

Eines Tages packte mich eine heftige Sehnsucht nach den Bergen, die fernab von der Polykarpszeller Flur den Horizont beschlossen.

Ich hatte diese Berge bisher als den landesüblichen Hintergrund aller ebenen Fluren behandelt und nicht sonderlich beachtet. Aber da war ein Hausierer in unsere Ebene gekommen, der schwerbeschlagene Schuhe und kurzlederne Hosen trug und auf sein keckes grünes Hütl einen Gambsbart gesteckt hatte – der Mann gefiel mir.

Ich verstand es augenblicklich, daß in diesem verwünschten flachen Lande die Schulbuben mit kühner Begeisterung dem Hochländer durch das ganze Dorf nachliefen und an den Türen, hinter denen er verschwand, seiner Wiederkehr harrten oder die Nasen an die Fenster quetschten, hinter denen er mit den Bäuerinnen verhandelte.

Ach, und die Mädel sahen ihm ernstlich nach!

Da trat er in das Haus der Eggenhoferin und erweckte in mir den Wunsch, seine Rede und Art kennen zu lernen. Ich ersann mir einen Vorwand und trat in die Stube der Frau Barbara.

Da hatte der Mann bereits die Aufmerksamkeit meiner Brotgeberin auf ein Flohpulver gelenkt, das aus einer seltsamen Wurzel gestoßen war.

»Bäurin, hast koane Flöch?«

Ich frug ihn scherzhaft, ob er Frau Eggenhofer wirklich für eine Bäurin hielte?

»Macht nix,« sagte er. »Flöch hat a jede!«

»So? Auch Frau Eggenhofer?«

»Du werst es halt besser wissn!« lachte er und blinzelte mich an.

Und hatte wirklich Du zu mir gesagt – ich erinnerte mich aus den Büchern, daß die Gebirgsleute alle Menschen duzen. Das ärgerte mich gar nicht; das klang so urgemütlich.

Da hatte die Eggenhoferin ihre Verlegenheit überwunden und fand schnippische Worte: an Flohpulver glaube sie nicht, alle Flohpulver seien Schwindel.

»Schwindl?« Der Hausierer entrüstete sich sehr. »Wo mei Pulver aus die Irrwurzn gmacht is und wo ih meine Irrwurzn alle beim Vollmond zsammsuach auf die höchstn Berg drobn, und is a jeder Schritt a Gfahr, daß 's koa größere gar nimmer gibt, ein solchenes Flochpulver is dir aber fei koa Schwindl net! Da is aber fei Treu und Glaubn drin in an solchern Flochpulver!«

Die Eggenhoferin bereute ihre harten Worte und legte die vier Groschen hin, die er für sein Pulver gefordert hatte.

Er gewann seine Heiterkeit wieder, da er das Geld einstrich. »Da konnst a ganzs Regiment Flöch damit umbringa, um dees bissl Geld. Giebst an jedn blos an ganz kloan Messerspitz voll – draaht er sih hin, draaht er sih her, huast a bissl und fallt dir als a Toter aus der Hand. Requieskat der Bazi – wann dih's Geld net reut, konnst eahm a schöne Leich macha und an schön Grabstoa setzn:

> Wandrer, geh wöch,
> hier ruhn meine Flöch.
> Oh, wie ist mir so wohl
> seitdem im Kamisol!

Und wann dir dee Grabschrift net paßt, na gehst zum spinnatn Kranawitter in der Grainau, der is vieraneunzg Jahr alt und koh net lesn und net schreibn, den schickst in d' Schul und laßt eahm 's A B C lerna und's Predign und's Dichtn und wann er derweil net gstorbn is, na laßt dir von eahm an andere Grabschrift macha.«

Das war viel auf einmal.

Die Eggenhoferin war etwas verwirrt, und ich sah es ihr an, daß sie über die ersten Sätze des Hausierers nicht hinausgekommen war.

»An Messerspitz voll, hast gsagt?«

»Ja, an ganz kloan Messerspitz!«

»Und wo muaß ma den Messerspitz voll hi toa?«

»Grad aufs Schwanzl – kriagt's der Floch ins Ranzl!«
Im Dichten war er gut zu Hause, der Mann.
»Ja,« sagte die Eggenhoferin nachdenklich, »du, hörst, wann ih den Floch schoh in der Hand hab, na konn ih'n ja gleich derwuzln aa?«
»Is aa net schlecht.«
Jetzt war die Eggenhoferin aber sprachlos. Ich konnte nicht umhin, laut aufzulachen.
»Aber 's Pulver,« sagte der Hausierer lustig, »dees is sicherer. Dees geht ins Ingräusch und bringt d' Flöch samt der Bruat um; werd der Floch net Vatter, net Großvatter, net Urgroßvatter, werd d' Flöchin net Muatter, net Großmuatter, net Urgroßmuatter – hupft dir net ins Unterfuatter!«
Die Eggenhoferin machte große Augen; dann sagte sie plötzlich: »Du bist ja a ganzer Spitzbua!«
»Dees hat mir mei Vater aa schoh gsagt!« gab der Gebirgler fröhlich zurück. »Pfüat dih Gott, Bäurin und an schön Dank!«
Und schwenkte sein Hütl und schnaggelte mit den Fingern und ging.

***

Aber meine Sehnsucht nach den Bergen war geweckt.
Dieser Mensch, den die da droben fortgeschickt hatten, dieser Hausierer hatte mich die Leute des Hochlandes in ihrem ganzen Humor erkennen lassen. Er war wohl nicht der besten einer – ein Mann, der die Bergheimat verläßt, um ins Flachland zu gehen. Aber jedenfalls waren die da droben andere als die grämlichen Leute des Flachlandes, die da Gablhofer oder Kreuzwegschuster genannt wurden!
Ich haßte plötzlich meine Polykarpszeller Heimat noch viel mehr als an manchen widerwärtigen Tagen zuvor. Und faßte Fluchtpläne.
Mein Brot in den Bergen suchen? Das ging wohl nicht so leicht an. Diese Leute, die noch an Vollmondszauber und Irrwurzen glaubten, die hatten wohl kein Bedürfnis nach Zeitungen.
Aber ich war ja noch so jung: ein Neunzehnjähriger! Vielleicht konnte ich mich als Kuhhirt verdingen auf einer Alm und in den dunklen Nächten dem Wild nachspüren – Gott, ich war furchtbar aufgeregt, da ich solche Pläne spann.
Ich ging ins Freie, auf die Garchinger Heide, und legte mich auf

den dürren Rasen und träumte den Bergen zu, die fernab von der Polykarpszeller Ebene den Horizont abschlossen.

Es begann Abend zu werden und die sinkende Sonne verschärfte die Silhouette der langen Bergkette. Ach, ich sah und hörte so mancherlei auf dieser unbeweglichen zackigen Linie: da stieg der verwegene Wilderer und der finstere Jäger felsenan; da ästen Gemsen und Hirsche und hoch über ihnen zog der Adler seine Kreise. Und plötzlich donnert ein Schuß – ein stolzer Hirsch bricht zusammen. Und der Wilderer zieht sein Messer und macht sich über das verendende Wild her – da packt ihn die rauhe Faust des Jägers an der Schulter ...

Ein unheimliches Ringen hebt an ...

Da: die beiden kollern dem Abhang zu, der unermeßliche Tiefen zeigt – nur eines Messerrückens Breite trennt sie vom Tode ...

»Mei Moidl!« stöhnt der Jäger.

Der Wilderer: »Mei Vev!«

Ein Doppelschrei in letzter Angst ...

Und dann fallen sie beide in den Abgrund ...

Der Wildbach rauscht – sonst kein Laut in der Stille diesr Bergwelt.

Kein Mensch in dieser Weltabgeschiebenheit – ich erinnere mich genau, daß es in den Romanen so heißt.

Jetzt könnte man den toten Hirschen nehmen, ohne ertappt zu werden.

***

An diesem Abend hatte ich das Bedürfnis nach einem kräftigen Trunk und ging zum Obern Wirt.

Oh, traf sich das hübsch: der Gebirgler saß hinter einem Maßkrug.

Es schien mir, als ob an diesem Abend ungewöhnlich viel Leute erschienen seien; das war wohl diesem Fremden zuzuschreiben. Auch saß er, der Sitte entgegen, mitten unter den Einheimischen – Gott, dieser Gablhofer wieder! – und plauderte lebhaft mit ihnen. Der Graabpichler aber saß am Ofen ganz allein und schien sich zu ärgern, daß man der Tradition vergaß und mit Fremden plauderte.

»Sitzt dih du aa zu dem reigschmecktn?« knurrte er mich an.

Also nahm ich mit einem Seufzer beim Graabpichler Platz.

Aber mein Ohr hing doch an dem Hausierer. Es störte mich

sehr, daß der Graabpichler in seiner bösen Laune zu singen begann, um seine Gleichgültigkeit zu zeigen; aber da sein Repertoire nicht über wenige Verse hinausging, versank er bald in ein Grübeln und die Worte des Hausierers gehörten mir wieder.

Er erzählte eine so amüsante Geschichte: wie er einen Zentner Tabak von Tirol herübergeschwärzt hatte, über die wilden Berge, an den Grenzaufsehern vorbei; wie man ihm auf die Spur gekommen sei, und wie alles zu seiner Verfolgung aufbrach, auf Leben und Tod; und wie er seinen Packen und sein Gewehr in einer Felsenhöhle versteckt habe und dann harmlos seinen Verfolgern entgegengegangen sei.

»Was suachst da herobn?« schreien die Verfolger.

»Ih? An Edlweißkönig!«

Die andern spöttisch: »Mittn in der Nacht?«

Er: »Weil ma den nur in der Nacht findn koh; da leucht er ja!«

Die andern: »Hast koan Pascher net gsehgn?«

Er: »Ja. Gleih da vorn is oaner vor oaner Stund mit an Packl umi, über d' Höllenwand nunter ins Haslacher Tal.«

Und alles stürzt der falschen Fährte nach.

Er aber lacht sich ins Fäustchen, holt seinen Tabak und sein Gewehr und steigt vergnügt auf einer andern Seite zu Tal …

Da schrie der Gablhofer den Wirt an: »Daßt es woaßt: was der Tiroler heut frißt und sauft, dees zahl ih! Solchene Leut mag ih, daßt es woaßt.«

Der Gablhofer pflegte alle Leute, die vom Oberland kamen, Tiroler zu nennen. Aber der Hausierer verzieh ihm diese Schwäche, und nannte ihn einen ehrenwerten Mann. »Dee san seltn heutzutag, dee ehrnwertn Männer! Ih hab oan kennt, is a guater Kamerad voh mir gwen, aber an der Rotn Wand ham 'n d' Jaager derschossn, dee Bluatshund, dee verdächtign. Hab mir denkt: wieder a ehrnwerter Mann weniger – wann werd's mih treffn?«

Jetzt horchte auch der Graabpichler auf – das Wildern, das war so seine Sache. Und der Gablhofer frug begierig: »Ja, wilderst denn du aa?«

Erschrak der Hausierer? Er sah sich scheu um und brummte. »Muaßt freilih recht schrein! Und san net wenih Schindln am Dach!« Seine zusammengekniffenen Augen verfolgten mich.

»Ah, der!« sagte der Gablhofer, »wann's weiter nix is! Der ghört ja zu meiner Verwandtschaft!« Er lachte bissig.

Der Hausierer stieß mit ihm an und tat einen gewaltigen Zug; dann leckte er seine Lippen, schnupfte und sah noch einmal prüfend zu mir herüber. Der Graabpichler aber rückte nervös auf seinem Stuhl und konnte sich einer Frage nicht mehr enthalten: »Werd bei enk drin viel gwildert?«

»Aber net wenih!«

»Auf was werd denn gwildert?« In den Augen des Graabpichlers leuchtete das Interesse auf.

»Auf Hirschn und auf Gambsn!«

»Und auf schöne Rehböckl wohl?« Aha, jetzt fielen dem Graabpichler die Rehböcke ein, die er der Garchinger Hofjagd zu stehlen pflegte.

Aber der Hausierer sagte geringschätzig: »Ah mei, Rehböck! Waar ja der Müah net wert! Rehböck!« Er machte eine unendlich verachtungsvolle Gebärde. »Wegn an Rehbock hab ih mih noh nia eisperrn lassn!«

Jetzt nahm der Graabpichler seinen Krug und ging an den Tisch des Hausierers. »Na ham s' dih aa schoh amal gfaßt?« Er war ganz in Neugierde erstarrt. Es ging dem Gablhofer nicht anders, dieser Mann, den die Vorsehung zum Bürgermeister hatte werden lassen, war in seinem Innersten ein geschworener Freund aller Gesetzwidrigkeiten.

****

Nun saß ich allein am Ofen. Da konnte ich mein Schreibpapier aus der Tasche holen und mit fliegender Bleifeder Notizen über die spannenden Erzählungen des Hausierers machen. Das war ja Stoff für meine Zeitung, da konnte ich ja den Polykarpszellern zeigen, daß es auf der Welt noch andere Menschen gab als die langweiligen, stumpfsinnigen und hinterlistigen Flachländler! Auch fühlte ich den Beruf zum Romandichter in mir.

»Du,« sagte da der Hausierer zögernd zum Gablhofer, »hast du net gsagt, du zahlst für mih?«

Der Gablhofer bejahte lebhaft.

»Kellnerin! Wirtshaus!« Der Gebirgler schrie mächtig. »Schenk ei, gscheerte Molln, wannst siehgst, daß ih am Verschmachtn bin! Spinnats Weibsbild, spinnats! Trankhafa, schialicher!«

So gefiel er mir nicht – die Kellnerin hatte augenblicklich Tränen in den Augen und stürzte davon; aber der Gablhofer lachte und wiederholte mit Freuden: »Trankhafa, schialicher! Schialicher Trankhafa, hat er gsagt! Tiroler, du bist a Viech!« So ein Mensch war eben der Gablhofer.

Ich hatte mein Papier unmutig wieder weggesteckt, als der Hausierer von neuem Mitteilungen aus seinem Leben auskramte – widerwillig begann ich abermals zu schreiben. Aber er fand meine Sympathien wieder durch eine grauenvolle Episode aus seiner Wildschützenzeit.

Szenerie: das wilde Alpenhochgebirge. Da pirscht er in dunkler Nacht. Ein Überfall plötzlich, ein Kolbenhieb; er sinkt bewußtlos zu Boden. Aber da er erwacht, befindet er sich in einer fürchterlichen Lage: er sieht sich gefesselt und geknebelt an einen Baum gebunden, die Füße nach oben, den Kopf nach unten – dicht über einem Ameisenhaufen …

»Is's wahr aa?« frug plötzlich der Schneiderlenz mit seiner dünnen hohen Stimme.

Der Graabpichler sprang wie ein Rasender auf. »Du Malefizlump, du ganz elendiger! Gleih nimm ih dih und wirf dih durch Sonn und Mond, daß dir d' Fixstern im Bauch stecka bleibn! Jetz schaugts nur den windign Schneider oh: is's wahr aa!«

Der Schneider verkroch sich förmlich, als nun auch der Gablhofer mit seiner schweren Faust auf den Tisch schlug. Und der Hausierer setzte seinen Krug hin, daß es dröhnte: »Is schoh gar aa – ih verzähl koa Wort nimmer!«

Da zog der Graabpichler den Schneider über die Bank und schleifte ihn an die Tür; es klatschte etwas, und der Schneider winselte: »Dees werd dih a schwers Geld kostn! Dees werd avikatisch gmacht!« Aber der Graabpichler warf ihn doch hinaus.

***

Als der Schneider verschwand, beabsichtigte ich wohl zunächst den Kreis zu verlassen. Aber bei der allgemeinen Entrüstung konnte das übel gedeutet werden und außerdem war ich auf den Ausgang der Erzählung wirklich gespannt und las in meiner Niederschrift immer wieder die Worte: »den Kopf nach unten, dicht über einem Ameisenhaufen«. Und in Klammern hatte ich beigefügt: »notabene die großen Waldameisen, in Brehms Tierleben näheres darüber nachsehen.«

Aber der Hausierer weigerte sich grimmig, über den Ausgang

der Affäre zu berichten, und ich konnte ihm das nach den häßlichen Worten des Schneiders wirklich nicht allzusehr verübeln. Er spottete nur: die Tatsache, daß er mit uns an einem Tische sitze, spreche wohl dafür, daß er gerettet worden sei ...

»Aber wia und in der welchern Weis'?« frug der Graabpichler dringend.

»Is schoh gar aa!« sagte der Hausierer und versank ins Schweigen. Und der Graabpichler schwur mit heiserer Stimme, den Schneider bei der nächsten passenden Gelegenheit durch Sonn und Mond zu werfen mit den bereits oben angedeuteten Folgen.

Ähnlich schwur der Gablhofer. Auch er fand das Schweigen des Gebirglers durchaus begründet: »Wann ma oan aso bei der Ehr ohpackt! Und es giebt nix schöners, als wann oaner bei sein Wort bleibt. Is schoh gar aa, hat er gsagt – und aus is's und gar is's. Respekt vor an solchn! Sollst schoh lebn aa, Tiroler! Und sauf nur grad zua, bis daß dir der Bauch wacklt! Und dees mirkst dir: zahln tua ih!«

So rettete der Bürgermeister die Ehre seiner Gemeinde – aber mich betrog er um die Pointe einer Erzählung, die ich bereits zu der meinigen gemacht hatte. Und der Hausierer schwieg und soff und soff und schwieg und half mit an diesem Betruge. Aber es gewann auch allmählich den Anschein, als ob seine Gabe des Erzählens durch den großen Biergenuß gelähmt worden sei. Er brütete vor sich hin und murmelte nur ab und zu: »Wo bleibt denn der Trankhafa, der schialich? Eigschenkt, hab ih gsagt!«

Aber meine Pointe! Ich konnte sie unmöglich selbst erfinden. Diese Situation hatte ich noch aus keinem der vielen Gebirgsromane kennen gelernt, die ich gelesen hatte. Auch keine ähnliche. Wer konnte den Mann in dieser Lage noch retten, wenn nicht sein Schutzengel? Wer aber in aller Welt wird mit mir die Voraussetzung teilen, daß auch diese furchtbaren Gebirgswildschützen ihre Schutzengel haben?

Wohl niemand.

Aber konnte ich diesem Schutzengel nicht einen lebendigen Körper geben? Hier war eine Möglichkeit zu finden. Der Körper heißt Vroni und ist die Geliebte des Wildschützen – alle Wildschützen haben schöne Almmädchen zu Geliebten.

Vroni aber fährt mitten in der Nacht aus bangen Träumen auf und fühlt eine nie gekannte Angst in ihren Gliedern. Wo wird der Geliebte wohl weilen? Wird er wieder auf gefährlichen und ungesetzlichen Pfaden wandeln? Oh Gott! Sie sinkt in die Knie und murmelt ein Gebet: daß Gott und seine Engel seinen Fuß vor Straucheln bewahren mögen. Aber auch das Gebet vermag ihr keine Ruhe zu bringen; da wirft sie ihre Kleider über und stürzt hinaus in die Nacht und eilt auf toddrohendem Steig den Berg hinauf.

Und findet den Todesgeweihten ...

Eine sehr schöne Szene, da sie ihn findet. Und nun löst sie mit zitternden Händen die Fesseln, die ihn am Baume festhalten – er fällt herab und sein Kopf wühlt sich tief in den Ameisenhaufen ein. Sie nimmt den Knebel aus seinem Munde; er pustet sich aus und reibt sich den Körper und stöhnt: »Dee verfluachtn Ameisn, dee damischn!« Oder so ähnlich.

***

Jetzt benötigte ich die Erzählung des Hausierers nicht mehr – der Mann konnte mir auf keinen Fall eine wertvollere Lösung seines Dramas geben. Auch schien er halb und halb zu schlafen, und der Gablhofer mußte jede Frage dreimal an ihn richten, bevor er Antwort erhielt.

»Wia steht's denn bei enk mit dee Vereina?«

»Han?«

»Wia's bei enk mit dee Vereina steht?«

»Jaja, da steht's guat!«

»Gibt's bei enk aa so Volkstrachtnvereina?«

Ja, das war die Lieblingsidee des Gablhofers, so einen Volkstrachtenverein zu begründen, wie ihn die Garchinger hatten. Denn die Garchinger Burschen stachen in ihrer grünen Wichs die Polykarpzeller auf allen Tanzböden aus.

»Obt's ös aa so Volkstrachtnvereina habts?« wiederholte der Gablhofer.

»Aber du muaßt fei aa zahln, weilst gsagt hast, du zahlst alles, was ih sauf! Zahlst du alles?« Jetzt wachte der Hausierer doch wieder auf. Der Gablhofer bestätigte gerne sein Versprechen und sprach abermals von seinem Schmerzenskinde. Sein Tiroler ernüchterte sichtlich, als er um Bezugsquellen für kurze Hosen, Wadenstrümpfe und graue Lodenröcke mit grünen Litzen angegangen wurde. Sein Kopfnicken war wohl langsam, aber er sagte laut und deutlich: München, Tal Nummer Eins, bei Josef Mayer.

Und wo man das Schuhplattln lernen könne?

»Im Tal Nummerer Oans, beim Josef Mayer!« sagte er sehr laut.

»Wo ma's Gwand kriagt?« sagte der Gablhofer erstaunt.

»Beim Josef Mayer. Und der Josef Mayer, dees bin ih!«

Diese Worte überraschten mich sehr und enttäuschten mich auch. Es mißfiel mir, daß ein Mann wie dieser Gebirgswilderer sein Heim in München aufgeschlagen hatte; aber noch mehr mißfiel mir sein Name. Was hatte der Name Josef Mayer mit meiner Erzählung zu tun? Mein Held mußte sich anders nennen: der Tiroler Nicklas, der rote Hias, der Gambs Toni, der Zugspitz Jackl, der Falken Anderl – niemals aber Josef Mayer.

»Und lernst du unsere Leut 's Schuahplattln?« Der Gablhofer jubelte in dieser Fülle von Perspektiven.

»Heunt nimmer!« gab der Hausierer zurück und seine Rede war schon wieder langsamer geworden.

»Na werd der Verein gründt! Na werd der Verein gründt!« schrie der Gablhofer begeistert. »A Volkstrachtnverein muaß her, dees mirkts enk! Was dee Garchinger zsammabringa, dees könna mir aa! Dee Bazi!«

Siehe, da wachte der Wirt auf, der in einer Ecke schon lange geschlummert hatte. Er eilte vor und sagte voll Begeisterung: »Bürgamoaster, jetz hast aber a schöns Wort gredt! A Volkstrachtnverein muaß her! Hab ih's net schoh allweil gsagt?«

Er füllte mit Hast den großen Viermäßer, der über der Schenke stand und kredenzte ihn mit großer Feierlichkeit: »Indem daß also der neu Volkstrachtnverein wachsen, blühen und gedeihen soll, ein Vivat hoch! Und wann er das Lokal bei mir hat und net beim Untern Wirt, indem daß ih auf meine Gäst schau!«

»Bist halt a Bazi! Bist halt a Bazi!« rief der Gablhofer vergnügt und nahm den Humpen. »Und daßt es woaßt, unser Lokal, dees is bei dir!«

»Bravo!« sagte der Graabpichler und entriß dem Gablhofer den Humpen.

Und dann tranken wir den großen Krug aus und besprachen die Gründungsformalitäten. Der Hausierer debattierte nicht mehr mit, er legte die Arme schwer auf den Tisch und schnarchte.

Gegen vier Uhr morgens schleppte ihn der Wirt ins Bett. Wir gingen heim – ich hatte an einem besonderen Stolz zu tragen: ich war Schriftführer des neuen Vereins geworden.

Ich überlegte: war meine Flucht nach den Bergen noch notwendig? Die nahe Zukunft gab neue Perspektiven für meine Sehnsucht. Das Prinzip des Vereins mußte diese Flachländler so modeln, wie ich sie wünschte; es mußte aus einem Gablhofer und einem Kreuzwegschuster sonnige Söhne des Hochlandes schaffen.

Ich schlief einen wundervollen Schlaf in dieser Nacht.

Der Volkstrachtenverein

Und Polykarpszell hatte seinen Volkstrachtenverein. Das Gründungsfest brachte mir zwei bittere Momente: der Gablhofer hatte seine Rede vom Bader Flinserer bezogen, und die Annamirl sprach einen Weihespruch, den der Herr Kaplan geschrieben hatte. Ich war beiseite geschoben worden – aber ich erschien mit heiteren Mienen zu dem Feste.

Ich will ganz objektiv schildern: Der Bader hatte mit seiner Rede fürchterlich daneben gehauen, trotz des Beifalls, der ihr folgte. Er hatte es gewagt, die große Tat der Sendlinger Bauernschlacht zum Hauptteile den Polykarpszellern in die Schuhe zu schieben. Ahnungslos trug's der Gablhofer vor: wie auch die Polykarpszeller Bauern mit Sensen und Morgensternen gegen München gezogen seien, um das Vaterland von den Feinden zu befreien.

(»Im Jahre Anno 1705!« rief der Kreuzwegschuster andächtig dazwischen.)

Wie sie beim Auszug ihr Schicksal in die Worte gekleidet hätten:

> Lieber bayrisch sterben
> als österreichisch verderben!

(»Dees toan ma aber aa!« rief der Graabpichler.)

Wie die Polykarpszeller Seite an Seite mit den Tölzern, Lenggriesern und Kochlern ihr Blut vergossen hätten auf dem Kirchhofe zu Sendling; wie der Anführer der Tölzer gesagt habe, mit den tapferen Polykarpszellern zusammen würde er mitten in den Rachen der Hölle hinein marschieren.

(»Hört! Hört!« schrie der Bader Flinserer in seiner Frechheit.)

Wie der Schmied von Polykarpszell mit einem Wiesbaum neben dem Schmied von Kochel gestanden sei und mit diesem Wiesbaum an die hundert Österreicher erschlagen habe.

(Jetzt der dumme Graabpichler: »Hört! Hört!«)

Der Kaplan, der dem Festakte beiwohnte, machte runde Augen und warf mir argwöhnische Blicke zu – ich schüttelte zornig den Kopf.

Und der Gablhofer schrie:

»Liaber boarisch sterbn
als wia preissisch verderbn!«

Ich erschrak vor diesem ganz grimmigen partikularistischen Lapsus; der Kaplan indes nickte freundlich und murmelte Beifall. Und rechts und links von ihm pflanzte sich das Murmeln fort und artete schließlich in ein revolutionäres Geheul aus.

Der Gablhofer verbeugte sich mit Wollust.

»Und warum ham mir unsern Verein begriendet, frag ich Ihnen?« fuhr er fort; »meine Damen und Herrn,« – die weiblichen Zuhörer erröteten geschmeichelt – »ham mir den Verein gegriendet wegen der Lustbarkeit und wegen der Sauferei, frag ich Ihnen?«

»Bravo!« (Der Kreuzwegschuster.)

»Indem daß man den richtigen Bayern, der was ein richtiger Bayer is, auch schon von außen kennen muß, darum ham mir den Verein gegriendet. Mir ham uns quasi eine Uniform geben, wo man drauf stolz is wie ein Soldat auf seine Uniform und hat sie lieb und putzt seine Knöpf sauber, daß es proper aussieht und keinen Mittelarrest nicht kriegt –«

»Jawohl!« (Ein Knecht des Gablhofers, der bei den Leibern gedient hatte.)

»Darum ham mir unsern Verein gegriendet. Dieses is aber nicht für die Lustbarkeit, sondern aber für das tapferne Bayernherz. Und darum so muß ih noch einmal die Parole von unsern Verein hersagen, wo sein Panür is und wo mir immer in Treue festhalten:

Liaber boarisch sterbn
als wia preissisch verderbn!«

»Bravo! Bravo!« schrie der Kaplan, indem er mir zulächelte. Er erwirkte dem Gablhofer einen ungeheuren Erfolg und eine Popularität, die gefährlich werden konnte.

Mit viel Stolz verließ der Gablhofer die Tribüne. Er trug die kurze Wichs, die ihm Jofef Mayer, München, verkauft hatte, und ich sah, daß ihm die lederne Kniehose doch etwas Ungewohntes war. Zum mindesten hätte sie eine vorsichtige Reinigung der Knie vorausgesetzt. Aber jetzt betrat die Annamirl das Podium und lenkte die allgemeine Aufmerksamkeit auf sich. »Silentium!« rief der Kaplan eifrig, »Silentium!«

Silentium für zwei ganze Sätze:

»Die Volkstracht, wo dem Volk am besten steht,
Ihr Lieben Christen, das ist das Gebet!«

Die Annamirl schwieg – alles harrte des Kommenden. Aber der Kaplan schrie wieder Bravo! und die Annamirl verließ die Tribüne.

»Is dir dees ander nimmer eigfalln?« frug der Graabpichler mit freundlichem Beileid.

»Wann's schoh gar is!« sagte die Annamirl mit weinerlicher Stimme.

Und jetzt stimmte der Graabpichler auch in den Beifall des Herrn Kaplan ein, er fand aber wenige, die mitschrien und das Beifallsgeräusch erreichte nicht annähernd das wuchtige Dröhnen, das vom Obern Wirt herüberklang: der Wirt zapfte an.

Alles eilte diesen Klängen zu und die große Gasterei begann.

An diesem Tage aber war es der Hanfelder Flurwächter, der in das Rednertalent der Polykarpszeller Zweifel setzte – der Gablhofer schlug ihn windelweich.

**

Der Verein hatte sechsunddreißig Mitglieder von allem Anfang an, von denen Josef Mayer bereits an die zwanzig mit kurzen Hosen und grauen Röcken equipiert hatte.

Als Mitglied Nummer siebenunddreißig wurde eine Woche nach dem großen Feste einer der merkwürdigsten Menschen gewonnen, die mir je in meinem Leben untergekommen waren.

Er war aus der Jachenau gebürtig und hatte sich beim Graabpichler als zweiter Knecht verdingt. Als er in Polykarpszell eintraf, überraschte er durch sein Kostüm, das der vorgeschriebenen Tracht der Vereinsmitglieder glich wie ein Ei dem andern. Der Graabpichler war vor Freuden außer sich und führte seinen Knecht augenblicklich dem Gablhofer zu und triumphierte: »Was sagst nachat zu dem da? Dees is fei mei Knecht! Dees is fei a ganz an echter!«

Der Gablhofer: »In was für an Verein bist denn du? Bist du bei dee Garchinger?«

»In dem welchern Verein?« Der Jachenauer sah den Bürgermeister blöde an. »Ih bin in koan Verein net!«

»Jaja,« sagte der Graabpichler stolz, »wo der dahoam is, da tragn sie sih alli aso. Dees is dene gar nix seltsams!«

»Magst net bei mir eisteh?« frug der Gablhofer zögernd.

Der Graabpichler brauste auf. »Du Malafizbazi, du damischer, dees is mei Knecht, daßt es woaßt! Der is bei mir eigstandn und net bei dir! Schaamst dih denn gar net a bißl, han?«

Dann schleppte er seinen Mann vom Gablhofer weg zum Obern Wirt und hielt ihn zechfrei und saß voll Eitelkeit daneben. »Därfts 'n mit dee Finger ohglanga,« scherzte er, »dees is fei a ganz an echter!«

Der Jachenauer wurde mit ehrlicher Freude gesehen – wenn er die Beredsamkeit des Hausierers gehabt hätte, er hätte es augenblicklich zur Berühmtheit gebracht. Aber er verhielt sich schweigsam, fast schüchtern.

Der Wirt, der eine Weile hinter den neuen Gast gestanden und mit seiner weißen Schürze nervös gespielt hatte, trat plötzlich vor und frug fast feierlich: »Konnst du gwiß Schuahplattln aa?«

»Mh.« Ja, Schuhplattln konnte er.

Lärm. Der Graabpichler stand auf und schlug mit beiden Fäusten auf den Tisch, um in diesem großen Moment zu Worte zu kommen. Und dann proklamierte er den Jachenauer zum Vereinsmitglied.

Jubelnder Beifall.

»Und den Vereinsbeitrag zahl ih – da werd gar nix drüber gredt!«

»Mh...« meinte der Jachenauer.

Der Graabpichler schleppte seinen Mann ein Haus weiter – jetzt erschienen die beiden in meiner Redaktion. Der Jachenauer machte ängstliche Augen, da ich ihn allerlei frug. Er wisse nichts, rein gar nichts. Es könne ihm auch niemand etwas Schlechtes nachsagen.

Der Graabpichler blinzelte mich pfiffig an. Das hieß: der wird schon noch warm werden, der wird schon noch reden. Die Hauptsache ist, daß wir einen Echten dahaben, und das muß in die Zeitung. Und laut sagte er: »Mir zwoa ham uns verstandn, is 's net aso?«

Ich bejahte freudig. Und als die beiden abgezogen waren, schrieb ich die Notiz, die zum Ruhme des Graabpichlers ausklang: daß der Vollstrachtenverein Polykarpszell eines der interessantesten Mitglieder gewonnen habe, jeder Zoll ein Sohn der Berge. Soviel uns bekannt sei, setze sich der Garchinger Verein ausschließlich aus Einheimischen zusammen – da hatten die Garchinger ihren Trumpf ...

Ich beschloß, den Mann mir zum Freunde zu gewinnen; der Umgang mit ihm mußte mir wertvoll sein und befruchtend auf meine dichterischen Pläne einwirken. Vielleicht schenkte er mir den Helden des großen Romans, mit dem ich für mein Blatt zu werben beschlossen hatte?

Aber: der Jachenauer mußte mitteilsamer werden.

Wenn er sich erst an die neue Umgebung gewöhnt hätte, dann mußte er wohl auch gesprächiger werden.

Am nächsten Feiertag versuchte ich eine Annäherung. Aber da ich in den vier Wirtschaften des Ortes nach ihm spürte – ich entdeckte ihn nicht. War er auswärts gegangen? Er durfte nicht in den Bereich der Garchinger kommen, wenn er nicht um meiner Randbemerkung willen an seinem Körper Schaden nehmen sollte, oder gar, wenn er von diesen mißgünstigen Garchingern – uns weggekapert werden sollte?

Ich ging besorgt in den Graabpichlerhof, um mich nach ihm zu erkundigen.

»Ah mei!« sagte der Graabpichler verdrießlich, »der naaht ja! Der Loamsiader sitzt am Feirta dahoam und naaht!«

Wirklich, ich traf den Jachenauer, wie er an seinen Hemden flickte.

Warum er das tue?

An den Feiertagen habe man halt Zeit zu sowas ... Aber man müsse sich doch auch nach der Arbeit der Woche erholen und sich ein wenig vergnügen! Die andern seien ja auch im Wirtshaus!

Die andern – ja, die kenne er halt noch nicht. Und wenn man als Fremder hinkomme – »dee haun allaweil gleich zua!«

Hm – das war nicht mutig gedacht. Ob er sich denn fürchte?

»Laß dih du amal aso haun, wia s' mih schoh ghaut ham!« sagte er wehmütig.

Gut, so blieb ich bei ihm. In dieser Stube hatte ich ihn allein, ohne Zeugen. Ich sah ihm eine Weile überlegend beim Hemdflikken zu und begann dann sachte das große Verhör.

Aber ich lernte das allerseltsamste Menschenkind kennen, das je von den Bergen ins Flachland gekommen war: der Mann behauptete, niemals gewildert, niemals einen Jäger erschossen zu haben und niemals auf den hohen Bergen um eines schönen Almmädchens willen einen Rivalen in den Abgrund gestürzt zu haben.

»Was sagst denn du mir alls nach?« Er sah mich ganz verstört an. Vergeblich griff ich zu dem Mittel, das der Graabpichler zu üben pflegte: ich blinzelte listig mit den Augen und legte vielsagend den Finger an den Mund – »dees is ja aus der Weis, was du von mir denkst!« Er ließ das Hemd sinken, an dem er genäht hatte; dann verfiel er plötzlich in eine eilende Gesprächigkeit und beteuerte mit vielen Worten, baß er niemals jemandem etwas zuleide getan habe – ich könne mich in der Jachenau überall nach ihm erkundigen; er sei nur von droben weggegangen, weil ..

Aber vergeblich horchte ich auf; er vertraute mir sein Geheimnis nicht an, das mit diesem »weil« angekündigt war.

Es war mir bange um ihn. Ich wußte, daß der Verein gerade von diesem Mitglied Großes erwartete und eine Enttäuschung nie verzeihen würde.

Ich redete von allem Möglichen, um meine Unruhe vor ihm zu verbergen. Ich hätte gehört, daß er ein Schuhplattler sei, ein sehr gewandter Schuhplattler wohl?

Oh nein! Das sei er nicht! Ein gewöhnlicher Schuhplattler halt, ein schlechter.

Der Mann redete sich ja um seinen Kopf!

Und ein Wilderer sei er auch nicht! hielt ich ihm gereizt entgegen. Nicht einmal ein Wilderer!

»Ih hab ja gar koa Gewehr net! Wann ih koa Gewehr net hab!«

So müsse er sich eins verschaffen; jetzt wurde ich unerbittlich.

»Woher nehma und net stehln?« sagte er verzweifelt.

Vielleicht habe der Graabpichler eines?

»Moanst, daß der oans hat?« erwiderte er mit leisen Hoffnungen in der Stimme.

Jetzt polterte ein halbes Dutzend junger Burschen herein und beanspruchte den Jachenauer für sich. Es half ihm kein Sträuben, er mußte mit zum Obern Wirt und sich als Schuhplattler zeigen.

Als wir den Graabpichlerhof verließen, zwickte ich ihn am Arm und zeigte ihm mit einem Blick das Gewehr des Bauern, das im Hausgang hing.

Er sah's und nickte ernst.

***

Der Gablhofer hatte mich in seinem Wägelchen mit nach München genommen. Während er in der Markthalle verweilte, durchstöberte ich mehrere Buchhandlungen und fand schließlich, was ich gewollt hatte, ein sehr dickleibiges Werk: –

> »Xaver Jennewein,
> der tapfere Wildschütz vom Miesbacher Gau,
> oder
> der Tod im Felsengebirge.«

Ich eilte mit meinem Funde zum Schlicker im Tal, wo der Gablhofer Pferd und Wägelchen eingestellt hatte, und las und las und las. Da kündigten sich ja herrliche Dinge an: Jäger und Wilderer, oder wer ist der Geliebte? Der Todesgang in die Höllenschlucht. Die schöne Vroni von der Luseralm. Ein Absturz. Verirrt und verlassen in der Bergwildnis. Die Schwarzkugel des roten Veichtl. Lebendig verscharrt. Die Rache des Wilderers. Der Alte vom Berge, oder der Berggeist – und so weiter, und so weiter. Unendlich spannende Dinge versprach das Buch.

Ich erwartete lesend den Gablhofer. Während des Mittagessens las ich; auf der Heimfahrt las ich weiter; in Polykarpszell kaufte ich mir beim Krawallkramer zwei Kerzen und las die Nacht hindurch. Als es gegen Morgen zu ging, hatte ich auch die letzte Seite des Buches verschlungen.

Ans Schlafen dachte ich nicht mehr, die Sensationen, die das Leben dieses tapferen Wildschützen Xaver Jennewein begleitet hatten, erfüllten mein Blut mit unruhevollem Tatendrang. Aber meine Vernunft widerstrebte und übertrug diesen Tatendrang einem anderen geeigneteren Menschen – dem Jachenauer.

Und so beschloß ich: ich wollte der dirigierende Geist über diesen Körper sein; ich plante, er erfüllte.

Es war aber an einem Sonntagmorgen. Ich traf ihn in seiner Kammer, da er seine Stiefel putzte, und gab ihm das Buch mit mühselig verhaltenen Andeutungen.

Er war wieder linkisch: »Mit'm Lesen hab ih's halt gar net!«
Ich zürnte: aber das müsse er lesen!
Dann ließ ich ihn mit meinem Buche allein.
Als ich des Nachmittags zum Obern Wirt kam, hatte ich bereits die erste Etappe im Wildschützenleben des Jachenauers ersonnen; aber noch sollte diese nicht begonnen werden. Erst die befruchtende Lektüre, dann die Reihe der Taten.
Er übte mit den Burschen den Schuhplattlertanz, sprach nicht viel, tanzte aber desto fleißiger und erreichte mit dieser Methode des Anschauungsunterrichts einen ziemlichen Erfolg. Der Tanz klappte schon einigermaßen und war bereits entschieden geräuschvoll. Es sah schon so aus, als ob die Schuhplattler des Volkstrachtenvereins Polykarpszell am nahen Kirchweihfeste debütieren könnten.
»Bravo! Bravo!« Ich benutzte die Pause, um ihm ein Kompliment zu machen und ihn so aufzumuntern.
»Du,« sagte er da vertraulich, »dees is fei a schöns Lesn, dees wost mir gebn hast! Der Jennewein, dees is ja a ganzer Bazi!«
Ich belehrte ihn: »Kein Bazi, sondern aber ein kühner Mann, ein tapferer Held der Berge!«
»Jaja,« murmelte er, »Respekt muß ma schoh ham vor an solchern.«
Er versank in ein Brüten – er dachte wohl über das Vorbild nach, das ich seinem zukünftigen Leben gegeben hatte. Dann sah er mich verlegen an und flüsterte: »Er leicht's fei net her!«
»Was?«
»'s Gwehr halt!«
Ah – so ging ihm das im Kopfe um: der Graabpichler leiht das Gewehr nicht aus! Ich geriet in eine wohlige Aufregung; der Jachenauer hatte also mit dem Graabpichler wegen des Gewehres gesprochen – so war in ihm die Leidenschaft erwacht, für die ich ihn haben wollte.
Alles konnte sich noch zum besten wenden.

***

Der Kirchweihsamstag brachte ein Ereignis, das uns in große Bestürzung versetzte: der Gendarmeriekommandant von Freimann war beim Graabpichler erschienen, um den Jachenauer zu verhaften …
Das ging wie Feueralarm durch das ganze Dorf, und der Kom-

mandant hatte das Haus des Graabpichlers noch nicht betreten, als die näheren Umstände der drohenden Verhaftung schon bekannt wurden: der Jachenauer hatte dem Graabpichler das Gewehr gestohlen; der Graabpichler war wütend nach Freimann gelaufen zur Gendarmerie; der Kommandant aber schwärmte für sofortige Verhaftung.

Der Gablhofer stürmte in den Graabpichlerhof und tobte.

Ob ihn der Kommandant kenne? Ob er nicht der Bürgermeister von Polykarpszell sei? Ob man den Knecht verhaften müsse, wenn er für ihn gutstehe?

Den Graabpichler, der ganz klein dastand, würdigte der Gablhofer keines Blickes.

Der Kommandant überlegte sich die Sache; dann sprach er mit dem Graabpichler, dann mit dem Jachenauer, der sich wie ein Häuflein Elend gebärdete. Und schließlich ging er doch ohne den armen Sünder ab.

Der Graabpichler versuchte vergebens, dem Bürgermeister den Fall zu erklären.

»Is schoh aus und gar mit uns zwoa!« schrie der Gablhofer; »mit oan, wo gegn sein Verein is, da bin ih schoh fertih!«

Und der Gablhofer verließ mit starken, zermalmenden Schritten das Haus des Feindes.

Es gab an diesem Abend eine außerordentliche Zusammenkunft des Vereins, und der Gablhofer beantragte mit feierlichen Worten den Ausschluß eines Menschen, »wo ih den Namen net aussprechn mag, weil ih mir die Zung net dreckig mach!«

»Da Graabpichler! Da Graabpichler!« schrie der Kreuzwegschuster fanatisch.

Der Gablhofer nickte. Er wies auf den kommenden Tag hin, der durch das erstmalige Auftreten der Polykarpszeller Schuhplattler ein Ehrentag werden solle für die ganze Gemeinde. Ohne den Jachenauer aber ein Tag der Blamage und der Niederlage. Was würden die Garchinger sagen?

(Allgemeiner großer Lärm.)

Was aber solle mit einem geschehen, der diese Blamage habe herbeiführen wollen, was solle geschehen mit einem, »wo das Panür vom Verein quasi in den Staub tritt? Was solln mir toa mit an solchern miserabligen Kerl?«

(»Naus muaß er!« brüllte der Kreuzwegschuster grimmig.)

Der Bader meldete sich zum Wort. Er fühle es als seine Menschenpflicht, auch für den Angeklagten zu sprechen –
(»Pfui Teifi!« Wieder der Kreuzwegschuster.)
Der Bader mit erhobener Stimme: für den Angeklagten zu sprechen! Er käme im Auftrag des Graabpichlers, um zu sagen –
(»Der Bader muaß aa naus!« Der Kreuzwegschuster war die Unversöhnlichkeit selbst.)
»Stilentium!« verkündete der Gablhofer.
Der Bader: daß es niemand mehr bereue, die unbesonnene Anzeige gemacht zu haben, als gerade der Graabpichler selbst.
Hier machte der Bader eine Kunstpause, um den Eindruck seiner Worte zu erhöhen. Da aber niemand durch einen Zwischenruf ihm beipflichtete, stupste er den Schuster in die Rippen und der Schuster murmelte: »Hört! Hört!«
»Ja, hört, hört!« wiederholte der Bader mit Nachdruck; »die Stimme der Leidenschaft ruft, aber die Stimme der Kameradschaft hört!«
(»Bravo!« Das war ich.)
Der Bader: der Graabpichler habe seine Anzeige zurücknehmen wollen, aber das sei zu spät gewesen.
(»Hört! Hört!« Mehrere Stimmen. Auch der Schuster.)
Der Graabpichler verpflichte sich feierlich, den Jachenauer zu behalten und für die begangene Voreiligkeit eine entsprechende Buße zu tragen.
(»Bravo! Bravo!« Mehrere Stimmen.)
Der Graabpichler sei kein Mensch mit einem Mörderherzen!
(»Ja, auf'n Graabpichler lassn mir nix kemma!« Der Kreuzwegschuster natürlich.)
Die Versöhnung war eingeleitet. Der Gablhofer beauftragte mich, den Graabpichler und seinen Knecht zu holen.
Ich entledigte mich des Auftrags mit vielem Takt; unterwegs kam eine freundliche, liebevolle Aussprache zwischen dem Bauern und seinem Knecht zustande, und die beiden erschienen gefaßter vor den Vereinsmitgliedern, als sie von zu Hause fortgegangen waren.
Als wir in die Stube traten, trug der Graabpichler dem Wirt in lautem Tone auf, eines seiner größten Fässer parat zu halten.
– »Hört! Hört!« murmelte der Schuster.
Der Gablhofer sah verlegen aus, er war der Situation nicht ge-

wachsen. Aber als seine Blicke hilflos umherirrten, blinzelte ihm der Bader heftig zu – so wurde der Bader beauftragt, die inhaltschweren Erörterungen zu machen. Und ich muß gestehen, der Bader sprach sehr schön, sehr mild; er erinnerte an den Bruderkrieg des Jahres 1866 und führte uns auf blutige Schlachtfelder; er ließ vor unseren Augen die schöne Agnes Bernauer durch ihren herzoglichen Gemahl ermorden und bewies uns noch an manchen anderen schauerlichen Beispielen aus der Geschichte das Verderbliche von Entzweiungen.

Jubelnder Beifall. In der Schenke dröhnte das spezielle Faß unter dem Bierschlegel.

Die Versöhnung war vollkommen und die Tat des Graabpichlers wurde plötzlich ohne Scheu mit einem gewissen Humor besprochen. Aber der Jachenauer ergab sich einseitig dem Trunke und setzte sich schließlich an meine Seite, als ihn das Bedürfnis überkommen hatte, sich auszuweinen.

Ich fand dieses Weinen unmännlich, aber der Beweis der Freundschaft war mir ehrenvoll. Ich tröstete ihn nach bestem Können und fand aus dem Buche »Xaver Jennewein« zahlreiche Belege für herzzerbrechende Situationen, gegen die das Unglück des Jachenauers nichts bedeutete. Und wie habe dieser Xaver Jennewein alles wie ein Mann ertragen!

»Jaja,« sagte der Jachenauer schluchzend, »dees war aa so a Bazi wia ih!«

***

Das erstmalige Auftreten unserer Schuhplattler brachte unserem Verein einen Bombenerfolg. Auch der Garchinger Verein war erschienen und hielt mit seiner Anerkennung nicht zurück. Und die Garchinger und Polykarpszeller reichten sich plötzlich die Bruderhand und schwuren ewiges Zusammenhalten. Wieder konnte der Bader eine sehr schöne Rede halten – der Gablhofer machte eifersüchtige Augen.

Der Kirchweihsonntag verlief entgegen den alten Gewohnheiten schön und friedlich, und der Wirt machte ein sehr gutes Geschäft ohne die üblichen Glaserrechnungen.

Der Jachenauer wurde von allen Seiten geehrt; sein Auftreten gewann dadurch an Sicherheit, und ich sah ihn bereits lustig werden und mit verliebten Augen nach den Mädeln spähen.

Nun mußte sich ja alles zum besten wenden!

Er setzte sich an diesem Abend einmal zu mir, um mir flüsternd einiges anzuvertrauen: der Graabpichler habe ihm die Mitbenutzung des Gewehres gestattet. Auch in dem schönen Buch »Xaver Jennewein« komme eine Stelle vor, wo der Ödhofbauer seine Knechte mit seinen Gewehren ausschickt wider die Hirsche, die seine Felder verwüsteten ...

Die Bezugnahme auf Xaver Jennewein gefiel mir sehr. Ich lobte den Jachenauer und mahnte ihn, diesem großen Vorbild nachzueifern. Man erwarte Großes von ihm – möge er diese Erwartungen erfüllen!

»Am nächsten Samstag pack ih's oh!« flüsterte er mir noch ins Ohr und eilte zu einer Tänzerin.

Am nächsten Samstag also wolle er das Wildern anpacken – viel Glück auf den Weg, mein junger Held! Ich werde diese Nacht mit offenem Ohr verbringen, um den Knall deiner Büchse nicht zu versäumen.

Frohgemut beteiligte ich mich auch am Tanze.

Siehe, da schenkte mir die Annamirl ihre Blicke wieder – ich schwang sie mit Freuden im Tanze und flüsterte in ihr Ohr, während sie an mir hing.

Als ich sie wieder auf ihren Platz zurückführte, sagte sie mit strahlender Miene: »Jetz tanzt na der ander mit mir!«

»Der andere?«

»Der Graabpichler Knecht halt ...« sie errötete bis über die Ohren.

Hm – das gab mir einen leisen Stich ins Herz. Aber ich erinnerte mich einer Episode aus dem Leben des verwegenen Xaver Jennewein, um dessentwillen die Mädchen ihre Burschen zu verlassen pflegten; die Bräute der Jäger und Förster sahen mit glühenden Augen nach ihm aus – sie verrieten den Freund dem unsäglich geliebten Feinde.

Es hatte mir weh getan, aber ich beherrschte mich um meiner Freundschaft willen. Auch dieser Schmerz stand in meinem Programm – fahre fort in diesem Programm, kühner Jachenauer!

***

Ach Gott, dem schönen Festtag folgte die Alltagsmisere.

Der Gendarmeriekommandant hatte sich eines anderen besonnen und holte den Jachenauer doch und nahm ihn in Verwahr. Der Samstag verlief ohne den Büchsenknall, nach dem ich horchte, und der Jachenauer erhielt wegen Diebstahls eine Woche Gefängnis, trotz der milden Aussage des Graabpichlers und seiner flehentlichen Bitten für den Übeltäter.

Wir empfanden das Urteil der Münchener Richter wie ein schweres Unglück, das uns persönlich betroffen hatte. Der Graabpichler erstattete uns ausführlichen Bericht, da er von der Gerichtssitzung kam – ohne seinen Knecht! – und trug dem Wirte mit gerührter Stimme auf, das größte Faß zu seinen Lasten anzustechen. (»Hört! Hört!« rief der Kreuzwegschuster.)

Eine ernste, würdevolle Vereinssitzung an diesem Abend.

Voll Humor aber verlief die Sitzung, da der Jachenauer wieder in unserer Mitte erschien. Er sah bleich, aber gefaßt aus, und lächelte milde, da der Graabpichler den Wirt berief und ihn über den Inhalt verschiedener Fässer befragte.

Viele schöne Worte richtete der Bader Flinserer an den Wiedergekommenen. Er sei unser Freund nach wie vor, im Gegenteil: die Freundschaft habe sich zu einer Höhe erhoben, wo Sonne, Mond und Sterne logieren. Die acht Tage Gefängnis seien in unserer Erinnerung nicht nachdrücklicher vorhanden als ein Gewitter, das einen Augenblick getobt habe und schon wieder weggezogen sei. Für uns sei er das gleiche wie vorher – nein, ein erkleckliches mehr: ein Held, ein Märtyrer! Feierlich heiße er ihn namens des Volkstrachtenvereins Polykarpszell willkommen. Er lebe hoch, hoch, hoch!

Großer Beifall – am meisten schrie der Kreuzwegschuster.

Der Jachenauer errötete tief und trank schwer. Nach Mitternacht schwur ihm der Graabpichler ewige Freundschaft. Und der Jachenauer sagte bedächtig: »Jetz ghört's aber mei, 's Gwehr!«

Der Graabpichler fassungslos: »Han?«

Der Jachenauer: indem daß er es abgesessen habe!

Dumpfe Pause – wir alle hatten die vielsagenden Worte mit angehört.

»Wo's aso a guats Gwehr is!« stammelte der Graabpichler, »da muaß ih's schoh selber ghaltn!« – die ewige Freundschaft drohte in Brüche zu gehen.

»Aber jetzt ghörts mei!« beharrte der Jachenauer.

»Jaja!« bestätigte der Kreuzwegschuster, »indem daß er's abgsessn hat, so ghörts sei!«

»Was sagst denn du?« wandte sich der Graabpichler flehend an mich.

Und die Gerechtigkeit nahm ihre Binde von ihren Augen und blinzelte mir zu, ich dachte an Xaver Jennewein und an den großen Weg, der dem Jachenauer durch mich vorgeschrieben war – da erkannte ich, daß der Jachenauer sich im Rechte befand: »Ja!« sagte ich mit Nachdruck, »das Gewehr gehört nun ihm!«

»Sollst schoh lebn aa!« schrie der Gablhofer und schielte spöttisch nach dem Graabpichler.

***

Und eines Abends, da ich bereits im Schlummer lag, klopfte es vorsichtig an meinem Fenster. Ich schrak aus dem ersten Schlafe auf und tastete nach meinem Nachttischchen, auf dem mein Messer lag.

»Du …« Eine Männerstimme.

»Wer da?« murmelte ich.

»Ih bin's …«

Der Jachenauer! Ich näherte mich vorsichtig dem Fenster.

»Jetz geht's aber naus!« flüsterte er. »Da Jennewein is aa allweil in der Nacht nausganga.«

Stürme rief das in mir wach.

»Jetz halt mih nix mehr zruck – und wann's auf Lebn und Tod geht! Da Jennewein hat aa koan Teifi und koa Höll net gfürcht!« Aber seine Stimme zitterte und hatte einen wehmütigen Klang. Ich sprach ihm Mut zu. Er: »Wo moanst denn, daß ih higeh soll?«

»Den Garchinger Auen zu!«

»Moanst?« sagte er ängstlich, dann mit tiefer Stimme: »Adjes bis auf morgn oder in der andern Welt … Laß ma's kracha!« Er verschwand in der Nacht und ließ mich in einer unbeschreiblichen Aufregung zurück.

Ich lag schlaflos da und hörte tausend Geräusche in der Ferne; schleichende Schritte, das Knacken eines Hahnes, raschelndes Laub, brechende dürre Zweige, einen unterdrückten Ruf – schlug nicht eben ein Gewehrkolben auf einem Schädel auf?

Aber es krachte kein Schuß. Ich strengte mein Gehör zum äußersten an – es krachte kein Schuß.

Da schlief ich vor Ermüdung ein, um bald wieder aus wirren

Träumen aufzuschrecken – jetzt hatte der dumpfe Knall eines Schusses die nächtliche Stille durchbrochen ...

Kalter Schweiß trat mir auf die Stirne: es eilten mir plötzlich wahnsinnige Gedanken durch den Kopf, die sich auf den Freimanner Gendarmeriekommandanten konzentrierten – allmächtiger Gott, ich war ja dem Strafgesetze verfallen! Wenn da draußen ein blühendes Leben vernichtet worden war: ich trug daran schuld. Ich hatte diesen kleinmütigen Jachenauer auf den Weg des Unrechts gesandt.

Und Gespenster schritten groß und feierlich durch meine Stube; sie trugen grüne Röcke und zeigten klaffende blutige Wunden an den Stirnen, vergeblich wehrte ich mich ihres Anblicks durch meine Bettdecke, ihre anklagenden Mienen verfolgten mich in mein Versteck. Mit zitternder Hand griff ich nach den Streichhölzern – da flammte die Kerze auf. Die Gespenster flohen in eine Ecke meines Zimmers und lösten sich schließlich in nichts auf.

Horch! vor meinem Fenster hatte sich etwas bewegt ...

Rief jemand?

Da: »Mach auf!« Wie ein unterdrückter Hilferuf klang das.

Der Jachenauer ...

Er reichte das Gewehr herein und kroch dann mühsam nach. Ich sah eine blutige Hand ...

Er legte sich auf mein Bett und wimmerte. Seine Weste war zur Hälfte aufgeknöpft – das Hemd zeigte Blutspuren, allmächtiger Gott, da waren Blutpuren auf der Brust!

Er tastete nach dem Herzen und zog sein blaues, blutbeflecktes Schnupftuch unterm Hemd hervor und warf's auf den Boden. »Da!« ächzte er, »da hast dein Hirschn!« Das zusammengeballte Tuch löste sich auf und ein blutiges Fingerglied fiel zu Boden ...

»Da hast dein Hirschn!«

Ich lief entsetzt zum Bader Flinserer und schleppte ihn in meine Wohnung. Er verband den Fingerstummel in aller Gemütlichkeit.

»Is uns 's Gwehr losganga?« lächelte er gemütlich.

»Ja ...« weinte der Jachenauer.

Und der Bader gab ihm noch ein schönes Klistier, indes der Verwundete stöhnte wie ein Sterbender.

Drei Tage hatte ich den Verwundeten in meinem Hause. Der Bader Flinserer sah fleißig nach und wiederholte Verband und Klistier.

Am vierten Tage ging der Jachenauer auf den Graabpichlerhof zurück, schnürte sein Bündel und verließ den Ort seines Unglücks.

Der Volkstrachtenverein Polykarpszell wird ihm ein ehrendes Gedenken wahren. Der Bader hat den Finger in Spiritus gesetzt und das Präparat zur Erinnerung an den tapferen Jachenauer dem Verein dediziert.

Kirchweihprügel

Am Kirchweihsonntag hast ihn umsonst in Huglfing gesucht. Und wenn er jahraus, jahrein an den Feiertagen beim Alten Wirt in Huglfing gesessen ist – am Kirchweihsonntag hat er seinen Gehstecken gepackt und ist über Land gegangen, nach Hechendorf, immer nach Hechendorf, und immer zum Neuwirt.

Und da ist er immer verprügelt worden, beim Neuwirt.

Dann ist er elend nach Huglfing zurückgehatscht, der Gaißerer Stach (im Taufbuch aber heißt er Eustachius Gaißerer) und hat den Freunden den zwideren Tag erzählt.

Die haben gelacht, wo ein anderer ein Gefühl gehabt hätt, und haben gemeint: »Warum bist na net z' Huglfing bliebn? Z' Huglfing is net a bissl grafft worn – warum bist net dahoam bliebn?«

Und der Gaißerer Stach: »Weil nicht gerauft wird in Huglfing, drum ist er nicht daheim blieben. Grad weil nicht gerauft wird! Das wär noch das schöner', wann man am Kirchweihsonntag auch schon nimmer raufen dürft!«

»Dann soll er auch nicht von seinem Wehdam reden, wann er ein solcher ist!« haben sie ihm zurückgegeben.

Trug also der Stach seinen Kummer allein und sagte sich heimlich: Daheim bleiben 's nächste Jahr! Daheim bleiben!

Und wies wieder an den Kirchweihsonntag heranging, da sann er: »Soll ih dahoam bleim? Soll ih net dahoam bleim?«

Aber er packte seinen Gehstecken und marschierte über den Siebenholzer Schlag und über Seeamend nach Hechendorf.

Bezog beim Neuwirt seine Prügel, dünne, dicke, feine und grobe und ging jammernd heim.

Und klagte wieder seinen Freunden was vor und fand kein Mitleid. »Warum bist net z' Huglfing bliebn? Z' Huglfing is net a bissl grafft worn – warum bist net dahoam bliebn?«

Und der Gaißerer Stach: »Weil nicht gerauft wird in Huglfing, drum ist er nicht daheim blieben! Das wär noch das schöner', an einem Kirchweihsonntag nicht zum Raufen gehn dürfen!«

Und trug seinen Kummer allein und schwur Rache fürs nächste Jahr.

Aber es kam ein grausamer Kirchweihsonntag im nächsten Jahr: der Stach bezog lauter dicke und grobe Prügel, und es war kein dünner und feiner darunter. Sein Wehdam war groß: die Nase war verwüstet und das linke Ohr hatte ein Messer gespalten. Und als der Stach am Boden lag. beschritten ihn die Füße der Hechendorfer und zertraten ihm den rechten Arm.

Der Neuwirt, der die Schandarm fürchtet, spannte den Fuchs an sein Gäuwägerl und fuhr den Stach heim.

Es ereignete sich zum ersten Male, daß die Huglfinger Mitleid mit ihm empfanden. Als er in seiner Kammer lag und klagte, besuchte ihn einer um den andern, und ein jeder ging hinaus und sagte mit lindem Bedauern: »Aber den ham s' schoh ganz elendi zwieflt; aso sollt ma na doh net mit dee Leut umgeh derfa!«

Auch der Bader von Gaiselwörth besah sich das beschädigte Menschenkind und murmelte etwas, was niemand verstehen konnte; denn der Bader von Gaiselwörth verstand sich auf die lateinische Sprache wie ein Herr Pfarrer und ein Herr Doktor und hatte für alle Krankheiten ein schönes lateinisches Wort. Darum schätzten sie ihn hoch, den Bader.

Der Stach stöhnte, wie der Bader das lateinische Wort sagte: »Is's zum Sterbn?« fragte er.

»Ihm sei noch nie einer gestorben,« brummte der Bader. »Er tät's nicht angehen wie die gstudierten Dökter!«

»Ob's recht viel arg sei?« meinte der Stach.

»Das nicht – eher 's Gegenteil.«

»'s Gegenteil? Und warum?«

»Ein gefundenes Fressen sei's – ein Fressen für den Staatsanwalt und fürs Gericht, aber auch ein Fressen für den Advikaten und erst recht für den Gaißerer Stach. Ein Blinder müßt das sehn!«

»Wieso und warum?«

»Da tät man nicht wieso und warum sagen brauchen, da tät man nur das Schmerzensgeld verlangen müssen!«

»Jetzt werd's Tag!« sagt der Stach; »ja, das Schmerzensgeld – recht hast, Bader!«

»Er hätt immer recht,« sagt der Bader; »und ob der Stach auch wüßt, wieviel er Schmerzensgeld verlangen müßt?«

»Unter fünfzig Gulden ließ er sich nimmer so haun!« behauptete der Stach, »nein, nicht unter hundert Gulden! Vielleicht nicht unter zweihundert – so ein scharfer Wehdam, wie der ist!«

Da stellt sich der Bader in Positur und sagt laut und langsam: »Fimfhundert Guldn muaßt verlanga, fimfhundert Guldn! Sagst an Herrn Avikat, ih hab's gsagt, da Bader vo Gaislwörth, fimfhundert Guldn san dee Schläg wert! Net an Kreuzer weniger!«

»Fünfhundert Gulden!«

Der Stach ist an dem Tag im Bett gelegen wie ein sanft lächelnder Dulder und Märtyrer, wie der heilige Sebastian, der zu den spitzigen Pfeilen nur gelacht hat, oder wie die heilige Katharina, die sie gebraten haben, und hat auch gelacht.

Im Dorf erzählen sich's schon die Leut, daß der Stach fünfhundert Gulden Schmerzensgeld erhalten wird. Und der blasse Neid schleicht neben dem Gerücht durchs Dorf und macht die Augen hungrig. Und so denken die Huglfinger: es tut halt doch nicht gut, das Daheimbleiben immer. Und wer's nicht einsieht, daß das nicht schön gehandelt ist, wann man so einen wie den Stach ohne allen Beistand nach Hechendorf hat ziehen lassen und verzweifeln nach allen Noten – der müßt schon gar kein Herz mehr im Leib haben! Heut wann wieder was los sei, dann müßten sie alle hinüber und die Vergeltung nehmen für den Stach, weil sie ihn gar so trischaggt haben, die Hechendorfer.

Und ein jeder, der so sprach, trug einen Traum im Busen herum und dachte an die fünfhundert Gulden Schmerzensgeld.

So ging der blasse Neid im Dorf herum.

***

Als der Patient Fortschritte gemacht hatte, verband ihn der Bader schön und sandte ihn nach München zu dem Advikaten, der die Haberer verteidigt hatte.

Und der Stach sagte diesem Manne: »Du muaßt ein Gschrift

aufsetzn ans Gericht, indem daß es net derlaubt is, daß ma oan aso herhaun derf, wia s' mih ghaut ham!«

»Aha!«

»Und indem daß es koa Gsetz gibt, wo ma oan aso haun derf, hat da Bader gsagt, so hoaßt man es das Schmerznsgeld!« Der Stach sah den Advikaten pfiffig an und sein Blick sagte: merkst, daß wir Bauern nicht so dumm sind? Oder merkst es vielleicht nicht?

Nein, der Advikat merkte es schon und fand die Idee gar nicht übel, nur den Betrag ein bissel hoch.

»So!« rebellte der Stach, »na muaßt halt du dih amal aso herhaun lassn! Na woaßt es scho, was dees unter Brüada wert is, wann ma oan aso haut!«

»Wie lang er bettlägerig gewesen sei?«

»Gut an die drei Wochen!«

»Und ob er schon wieder arbeitsfähig sei?«

»Freut mih noh gar net recht, 's Arbatn!«

»Hm. Wegen der Freude sei's ja weniger, die spiele keine Rolle. Na, man werde ja sehen! Und wie sei 's mit den Zeugen?«

»Ha?« Die Frage paßt ihm nicht recht, dem Stach.

»Es wär schon gut,« meint der Advikat, »wenn man Zeugen hätt!«

»Ja, dee Hechadorfer halt – aber dee wern halt aa sagn, es is anderst gwen; moanst net?«

Ja, das meint der Advikat auch; aber das sei ja gleichgültig; wenn's der Arzt bestätigt, die Verletzungen, dann wird sich das Gericht schon seine Anschauung bilden.

Der Stach geht mit einer Siegermiene heim.

Und erst recht schleicht jetzt der Neid im Dorf herum, wie der Stach renommiert und erzählt, daß der Advikat das Schmerzensgeld noch viel höher anschlagen will.

»Noh höcher?«

»Ih woaß's net, wia hoch, aber in dee tausat geht's!« lügt der Stach. Jetzt schleppt der Wirt grad Bier her, was Zeug hält und bietet dem Stach einen schweinernen Braten an und ein Gselchtes und alles, was das Herz begehrt – er braucht's nicht gleich zahlen, schmunzelt der Wirt, und das hätt Zeit bis nach der Verhandlung.

Aber da macht der Neid die Augen hungrig!

Das Gericht arbeitet langsam, das weiß man ja; muß halt der Stach aufs Geld warten. Unterdessen ist der Wehdam längst geheilt, und den Stach freut das Arbeiten schon lang wieder, (wie man halt so sagt in unserer Sprach) aber das Schmerzensgeld läßt auf sich warten. Der Wirt meint, der Stach sollt halt doch noch einmal in die Stadt fahren zum Advikaten, vielleicht hätt's der vergessen, oder die am G'richt hätten's vergessen – kurzum, er sollt halt doch noch einmal in die Stadt schauen!

(Denn von dem Schmerzensgeld hat er schon hübsch was versoffen, der Stach! Und auch die Wirte sind schwach und sündhaft und hängen am eitlen Gelde.)

Der Advikat ist brummelig.

Ob er's nicht erwarten könnt, bis die Herrn vom Gericht ihm Mitteilung machen? Seine Sach wär in den besten Händen, und er möcht nur Vertrauen haben – »denen wollen wir die Würmer schon aus der Nasen ziehen, denen Hechendorfern!«

Das hat ihn sehr getröstet, den Stach, das von den Würmern aus der Nasen ziehn. Gleich hat er's dem Wirt gesagt (ach, das darf ich ja nicht vergessen: der Wirt ist ja mit in die Stadt, hat extra sein Gäuwägerl eingespannt, wegen dem Stach, und hat ihn bei dem Advikaten abgeladen.)

Der Stach: »Auf dee ewi Seelikeit, so hat er gsagt: mir wern eahna dee Würm scho aus da Nasn ziahgn!«

Der Wirt hat aber schon einmal bei dem versoffnen Ziller Barthl an die sechshundert Gulden eingebüßt und drum ist er selber zum Advikaten gegangen und hat gesagt, er wär der Vetter vom Stach und ob man dem nicht zum Recht verhelfen könnt wegen dem Schmerzensgeld?

Der Advikat: »Er wär genugsam bekannt als Advikat, und der Fall sei ja sonnenklar, und denen tät er die Würmer schon aus der Nasen ziehen!«

Der Wirt hat verständnisvoll geschmunzelt zu der Red'.

Und er und der Stach sind alle zwei besoffen aus der Stadt heimgekommen. Der Wirt hat zahlt und grad zahlt und in einem Stübl sind sie gewesen, da, haben sie Wein gesoffen und dann haben sie noch eine Lumperei gemacht – das wenn der Herr Pfarrer wüßt, der tät ihnen von der Kanzel aus das Nötige schon erzählen und sie einmal für ein paar Wochen vor die Kirch hinausschicken.

Aber der Wirt hat den ganzen Spaß zahlt.

Und dann sind sie besoffen heim und haben den Neid wieder im Dorf herumgeschickt; die Huglfinger haben Rache geschrien und für den nächsten Sonntag einen Marsch nach Hechendorf beschlossen, wegen der Wiedervergeltung.

Da ist aber keiner gewesen ohne einen schönen Traum im Busen: möcht auch ein jeder fünfhundert Gulden! Manch einer tät's schon billiger; der Pfanzelter, der alt Pfanzelter, der sein Lebtag nichts wie Hunger gehabt hat, der sagt (und das Wasser rinnt ihm im Maul zusammen): »Grundgüatiger Gott, und wannst mih nur um hundert Guldn haun laßt – ih will recht zfriedn sei!«

***

»Bader,« sagt der Stach, »und dees woaßt, daßt mir an Zeugn macha muaßt beim Gericht!«

»Ih!« schreit der Bader erschrocken, »ih sollt an Zeugn macha? Mih bringa ja koani vierzg Roß net aufs Gricht!«

Der Stach ist noch viel mehr erschrocken: »Ja, waruma denn net? Ja, waruma denn net?«

Aber dem Bader fällt's gar nicht ein, die Geschicht zu erzählen. Diese lange Geschicht: wie sie ihn einmal, zweimal, dreimal geholt haben wegen der Kurpfuscherei, ja, einmal, zweimal, dreimal. Und ein jedesmal ist's so schief abgegangen. Nein, nein, den Bader bringen wirklich keine vierzig Roß zum Zeugenmachen!

Sagt der Stach zum Wirt (der nun doch in der Sach sein Vertrauensmann ist und jeden Tag, den der Herrgott schenkt, Zwiesprach mit ihm hält, nur über die Schmerzensgeldsach), sagt also der Stach: »Du, Wirt, jetzt geht aber dee Sach schiaf!«

»Wiaso und in der welchern Weis?« fragt der Wirt und hätt schier kein Tröpferl Blut mehr geben; »wo doh der Avikat sagt, er werd eahna dee Würm scho aus der Nasn ziahgn? Da konn's doh gar net schiaf geh! Und wost mir dees viele Geld schuldi bist!«

»Geht aber dengerst schiaf, dee Sach! Geht aber dengerst schiaf!«

Der Wirt fahrt sich mit beiden Händen an den Kopf und läßt die Augen kugeln wie zwei Zwirnknäuel, die davonlaufen wollen.

»Meine Kindelen! Meine Kindelen!« schreit er. »Wann der Vater 's Geld aso zum Fenster rausschmeißt, was solln amal meine Kindelen anfanga? Meine vier Kindelen!«

Der Stach brummt: »Hättst net so fleißi to!«

Schreit der Wirt: »Ih hab net so fleißi to! Ih hab halt vier Kindelen kriagt, vier Kindelen! Und ih will halt mei Geld ham!«

»Bal der Bader net schwörn mag!« schreit der Stach; »dees ausgschaamt Mannsbild will net schwörn!«

Dem Wirt fällt ein schwerer, schwerer Stein vom Herzen. »So, dees is los? So, schwörn mag er net? In deiner Sach, gel?«

»Er muaß mein Wehdam beschwörn – dees hat er verlangt, der Advikat.«

»So, schwörn möcht er net! Aber wart, Bader, dir wer ih aber's Schwörn lerna, da paß auf!«

Und der Wirt läßt den Stach stehn und rennt zum Bader.

Erst versucht er's in der Güt.

Hilft nix.

Dann grob – hilft aber nix bei dem starrigen Bader.

»So,« sagt der Wirt endlich, »und dann is dir d' Hypathek aufgsagt. Zahlst siebnhundert Guldn an Georgi – hast mih verstandn?«

Der Bader ist käseweiß geworden. Jetzt muß er sich aufs Kanapee setzen, das für die Leut da ist, die zu ihm zum Zahnreißen kommen. Und akkurat wie die Leut, die zum Zahnreißen kommen, so sitzt er jetzt da, so zitterig, so mehlgesichtig und so halbtot. Und die Hand streckt er vors Gesicht, wie einer, der den Watschenbaum fürchtet und wie die Leut, die den Bader noch ein letztesmal abwehren wollen, wenn er mit der Zang daherkommt und den Zahn ziehn will.

»Schwörst oder schwörst net?« schreit der Wirt.

»Ih schwör net –« wischpert der Bader, und die Augen treten ihm heraus wie lockere Hosenknöpf. »Nana, ih schwör net – dee sperrn oan gar aso ei! Ih schwör net –« und jetzt kriegt's der Bader mit dem heulenden Elend zu tun und die hellichten Tränen laufen ihm über die Wangen.

(Das nennt aber der Bader in der lateinischen Weis' Lamentatio Miserum, das heulende Elend, und das hat ihm schon oft hinausgeholfen, wann ihn einer hat verhauen wollen und wann er ein Geld hat aufnehmen müssen.)

Schau: und beim Wirt hilft die Lamentatio Miserum auch, und er wird unsicher in seinem Auftreten. Schimpfen traut er sich auf einmal nimmer und drum verlegt er sich aufs Bitten – da bekommt der Bader Oberwasser. Und dann erklärt's ihm der Bader, daß sein Eid in der Sach nichts taugt und daß das Gericht die blauen Heft holen lassen wird, wo die Strafen drin stehen und wo's vom Bader drin steht wegen der Kurpfuscherei. Dann täten sie dem Bader kein Wörtl mehr glauben und täten ihn noch dazu einsperren – da wär aber dem Stach sein Prozeß schon verloren auch! Da könnt einer Gift drauf nehmen!

»Wenn sie aber die blauen Heft' nicht holen lassen?« meint der Wirt in seiner Angst.

Der Bader: »Die blauen Heft' kämen so sicher wie der Tod!« Der Wirt verzweifelt fast in der Angst um sein Geld. »Ob denn der Bader keinen Ausweg wüßt?«

Der Bader: »Man könnt's doch probieren und bei den Hechendorfern rumfragen, ob keiner einen Zeugen machen will!«

»Ja, das wär's letzte Aufgebot, bei den Hechendorfern rumfragen,« meint der Wirt; »ein einziger von denen wann schwören möcht, dann wär alles gewonnen!«

Und er spannt sein Gäuwägerl ein und fährt nach Hechendorf.

***

Das ist ein hartes Rumfragen, so schlau er's auch anpackt.

Beim Selcherbauern fangt er mit dem Sauhandel an und nimmt zwei Fackel aufs Wägerl. Aber wie er so rumredt, wer denn eigentlich den Stach gar so hergehaut hätt, da sagt der Selcherbauer: »So, ghaut ham s'n? Mei ersts Wort in der Sach! So, ghaut ham s'n?«

Da ist kein Zeuge, im Selcherbauernhof. Geht er halt zum Neuwirt. Da müßten sie's ja wissen.

Mit dem Kramer Lenz und mit dem Hecherer spielt er Bier aus, sieben Maß hängen sie ihm auf – macht nix, er ist froh, wann nur das Bier die Zungen löst.

Aber wies halt so geht in der Welt: kann sich keiner mehr erinnern.

Fragt der Kramer Lenz den Neuwirt: »Woaßt du aa nix von derselln Rafferei?«

Der Neuwirt schaut dumm drein: »Von was für oana Rafferei?«

»Wia s' an Stach so ghaut ham!« platzt der Altwirt heraus.

»So, ghaut ham s'n? Wo ham s'n denn ghaut?«

Da verstummt der Altwirt und laßt sein Gäuwägerl einspannen. Daheim wartet der Stach schon auf ihn seit vier Stund. (Die Kellnerin hat viel Kreidenstrich auf die Tafel machen müssen, in der Zeit.)

Der Wirt sieht die Stricherl auf den ersten Blick und kriegt eine Wut und brüllt: »Hast a Geld, Haderlump, miserabliger?«

Da freut den Stach sein Leben, und er fangt zu krähen an:

Wann ma koa Geld net ham,
geng ma auf d' Eisnbahn,
da kemma mehra zsamm,
dee wo koas ham!

Da hat er aber schon eine Watschen gefangen, daß er mitsamt seinem Rausch unter den Tisch fällt.
»Warum haust denn du mih?« frägt er müd und verdrossen.
Der Wirt aber sagt nix und geht in seine Kammer und grübelt und grübelt.

***

Jetzt hat das Gericht den Zettel geschickt zur Verhandlung. Der Stach kommt käsweiß zum Wirt und gibt ihm das Papier.
»So, jetzt hamma's!« sagt er mit einer Stimme zum Steinerbarmen.
Der Wirt sagt gar nix und hat den Kopf doch voller Gedanken.
Der Stach ist dem Weinen nah; so herghaut werden und dann nix von einem Schmerzensgeld sehn! Zum Aufhängen wär's. Auslachen täten sie ihn am G'richt, ja, das täten sie! Täten ihn bloß anschaun und sagen: ja, wo sieht man denn einen Wehdam? Wo ist denn der verschwollen Kopf, wo ist denn das blutig Ohrwaschl, wo ist denn der dick Arm? Wo sieht man denn die Binden und Fatschen vom Doktor?
Da springt der Wirt auf und führt den Stach zum Bader.
»Na,« sagt der Bader, »dee Fatschn macha s' auf – da fallat oana schö nei, bal nachat nix z' sehng waar!«
»So, muaß was z' sehng sei?« frägt der Stach, und der blitzschnelle Einfall, der ihm durchs Gehirn schießt, saust in den Kopf vom Wirt hinüber.
»Es muaß was z' sehng sei!« sagt der Bader und blinzelt schlau.
Da sind sie halt in die Tenne gegangen, der Stach und der Wirt.
Hat keiner ein Wörtl gesagt, aber der Stach hat die Zähn zusammengebissen, daß es grad so geknirscht hat.
Nein, das Geld schenken sie den Hechendorfern nicht!
Die täten lachen, wann das nix kosten tät; und ein andermal täten sie den Stach genau wieder so herhaun, um nix und wieder nix.
Die sollen nur zahlen!

Und der Wirt wählt zwischen zweien haselnussernen Gehstekken.

»Is dir der da recht?« frägt er dann den Stach.

»Hau zua!« brüllt der Stach.

Da nimmt der Wirt den Stecken, den haselnussern, und haut. An alle die Stricherl auf seiner Tafel denkt er und an das viele Geld und an den großen Kummer.

Der Stach brüllt wie ein wütender Stier.

Aber der Wirt hört sein Brüllen nicht und denkt an seine Kinder und läßt den Haselnussern sausen. Und an die zwei Fackel denkt er, die er beim Selcherbauern gekauft hat – die zwei Fackel müssen mit hineingerechnet werden.

Da aber geht dem Stach der Mut aus; er springt auf die Tennentür los wie ein Wütender, stößt sie auf und lauft, was er nur grad aus seinen Füßen herausbringen kann.

Nein, der Wirt kann ihn nicht einholen. Der Stach ist dürr und lang, der Wirt ist kurz und dick.

Der Wirt kann getrost sagen: »Adjes, Stach!«

Denn der Stach lauft und lauft, bis er über die Huglfinger Flur hinaus ist, und dann sieht er sich erst zum erstenmal um. Nein, da ist kein Wirt zu sehen!

Der Stach hält Rast. Er reibt sich überall da, wo's weh tut. Dann macht er sich auf nach Diemendorf und verdingt sich im Torfstich.

Den Zettel vom Gericht läßt er beim Wirt. Auf dem Tisch liegt er; den soll nur der Wirt nehmen – der soll auch die Sach mit dem Gericht abmachen.

Ein so ein Grober!

Der hat jetzt das Schmerzensgeld gewechselt und hat sich seinen Teil abgezogen.

Aber der Stach ist nobel und läßt sich nix rausgeben – soll's nur ganz behalten, der Wirt!

Und wenn's wechseln braucht, in der Weis wieder, dann soll er nur kommen. Wird ihm mit der gleichen Münz' bezahlt!

Der ganz grobe Kerl, der ganz grobe!

Soll nur kommen! Adress': Eustachius Gaißerer im Torfstich zu Diemendorf.

Der Scherer von Dietramszell

Mein Bruder Preuß, einen Scherer, das ist dir aber kein Bader! Daß ich nicht lach – oder daß ich's dem Scherer von Dietramszell weitersag, dem saugroben Scherer; der kann die Bader um alles in der Welt nicht ausstehen und heißt sie spinnete Rüsselschaber, spinnete. Bist also an den ganz Unrichtigen kommen, Bruder Preuß, wannst zum Scherer von Dietramszell Bader sagst.

Ein Scherer aber ist ein Maulwurfsfanger, Bruder Preuß!

Und der, den ich mein, der ist der Maulwurfsfanger von Dietramszell, von Peiting und Wolfertsgrün und hat gut an die vierzehnhundert Tagwerk Schermausrevier.

Jetzt trau dir und sag zu einem solchen: Bader!

Dem sind ja die Maulwürf das tägliche Brot und nicht die haarigen und bartigen Leut, schau, Bruder Preuß!

Der kriegt für einen jeden Maulwurf, den er aus der Erd herauszaubert, ein Zehnerl – wann er viel im Tag heraus bringt, dann sind's halt auch viel Zehnerl; aber du brauchst ihm nicht gleich neidig sein: er bringt nicht mehr viel heraus, weil er lieber beim Untern Wirt sitzt.

Und wenn er beim Untern Wirt sitzt, dann schimpft er in einem Stück über den Berghauser Nazi und sagt, das tät so ziemlich der miserabligste Kerl sein, der in der weiten Welt rumlauft, und den müßt er noch einmal avikatisch machen, so wahr als die zehn Gebot sind.

Und auf Nazi, da tät doch gar niemand einen anderen Reim finden als wie Bazi – sollt ihm einer einen andern sagen!

Und den seine Schlechtigkeiten, die müßten noch vor's Gericht, da dürft man nicht auslassen.

Und richtig: an einem gewissen Tag, da zieht der Scherer seinen Rock an (obwohl's ein Sommertag ist, wo doch kein Mensch einen Rock braucht!) und schmiert seine Stiefel und geht auf und davon, in die Stadt halt, und zum Advikaten.

Da hat aber die Stiegen geschaut, wie der mit seinen Stiefeln dahergekommen ist! Drei Stock hoch hat der Advikat gewohnt – da kann man sich die Trampelei schon vorstellen.

»Kan-ts-lei,« buchstabierte der Scherer, wie er droben ist, »Kanzlei – aha, das ist er alsdann schon.«

Es steht aber noch was an der Tür, und das liest sich ganz deutlich wie: »Nicht anklopfen«. Genau so – siehst, der Scherer hat's auch schon herausdividiert: »Nicht anklopfen!«

Da muß er aber lachen, der Scherer, wegen dem Nichtanklopfen; das sind schon ganz besondere Spassettln von den Stadtleuten. Mit den Bauernleuten, da traun sie sich halt – so einen, den tut man verspötteln, wo man nur eine schwache Seiten findet. Ja ja, Herr Advikat – wirst aber beim Scherer von Dietramszell lange suchen müssen nach den schwachen Seiten. Hast du's dick hinter den Ohren, dann hat er's faustdick hinter den Ohren, darauf kannst dich schon verlassen!

Sagt sich der Scherer: wann ich anklopf, dann sagt er: kannst nicht lesen, gscheerter Rammel? Und wann ich nicht anklopf, dann sagt er: kannst nicht anklopfen, gscheerter Rammel? Merkst nicht, daß das ein Geschrift ist quasi für die Stadtleut?

Also klopft er an.

Das könnt man drinnen schon hören; denn der Scherer hat Finger, die heißen Hans. Aber da sagt kein Mensch: komm halt herein, Scherer!

»Aha!« brummt der Scherer und lacht, »habt's das Sitzteil und die Ohren an einem Fleck – da kann man schon nachhelfen!«

Und jetzt klopft er mit dem Haselnussernen an. So ein Gehstecken, wann er an die Tür pumpert, der könnt Tote aufwekken – siehst, da rumpelt der Herr Schreiber von dem Advikaten schon auf, als wann sie ihm einen brennenden Zunder unter das Sitzfleisch gelegt hätten, und rennt an die Tür.

Macht auf und sieht den Scherer.

»Kannst nicht lesen, gscheerter Rammel?«

Da triumphiert der Scherer: »Siehst es, da hast es! Hab ih net glei gsagt, er heißt mih an gscheertn Ramml?«

Aber er sagt's nicht, was er sich denkt. Ganz beiläufig fragt er nur: »San Sie vielleicht der Herr Avikat?«

»Nein!« schreit der Mann und führt den Scherer in eine Stuben. Da sitzt schon eine Frau, (ein noblichtes Weibets! denkt sich der Scherer) und die weiß gleich nichts anders zu tun, als die frisch geschmierten Stiefel vom Scherer zu riechen. Jetzt zieht sie schon die Nasen hoch und so kommt der Scherer zu einer Ansprach (mit den Weibeten mag er gern eine Ansprach haben, so viel Geburtstäg er auch schon mitgemacht hat).

»Brimselt ebbs?«

»Wie?«

»Schmierggelt ebbs?«

»Wie?«

»Ob ebbs düftlt?«

Sie hört hart, sagt sich der Scherer; wann sie nicht in einer Mühl aufgewachsen ist, dann war's eine Hammerschmitten.

»Obts ebbs schmecka teats, frag ih?«

Aber schau, da ist's mit der ganzen Unterhaltung aus und Amen, – weil sie einfach aufsteht und geht, die Noblichte.

Gut, kommt halt der Scherer früher ans Ziel, wann er der einzige ist beim Warten. Und jetzt stellt er seinen Gehstecken in das Eck und bleibt daneben stehen und rechnet sich's aus, was er dem Advikaten alles sagen muß.

Kommt ein Schreiber mit seinem Bündel Akten durch die Stube gegangen; schreit der Scherer: »San wohl Sie da Herr Avikat?«

»Nein! Warten!«

Warten wir halt, sagt die Seele des Scherers.

Schnupfen wir halt, verlangt die Nase des Scherers.

Wer aber den Scherer noch nie hat schnupfen hören, der weiß nicht, was man auf einer Nase alles zusammenorgeln kann: da kann man brüllen wie ein wildes Tier, da kann man den Föhnwind aufführen und das letzte Gericht kann man gutding nachmachen.

Aber da rennt der Buchhalter von dem Advikaten! »Was passiert ist, das möcht er wissen?«

»Möcht er auch wissen,« meint der Scherer, »was passiert sein soll. Er hätt nichts gehört und nichts gesehen und wär ganz allein in der Stuben gewesen. Wann was passiert wär, das müßt er doch wissen!«

»So?« sagt der Buchhalter und kriegt das Gruseln.

»Aber,« meint der Scherer, »ob er vielleicht der Herr Avikat wär?«

»Nein – aber weniger Lärm wann Sie machen täten!« Und fort ist er.

Jetzt kennt sich der Scherer gar nimmer aus und kommt ins Brüten, bis auf einmal die Tür aufgeht: der Scherer soll hereinspazieren!

***

»Nun?« fragt der Advikat.

»Han?« gibt der Scherer zurück.

»Was wünschen Sie?«

»Ih waar der Scherer von Dietramszell.«

»Und wünschen?«

Also wünscht der Scherer, daß es noch eine Gerechtigkeit gibt auf der Welt. Daß einem nicht der nächstbeste das tägliche Brot wegnehmen darf, mir nix dir nix. Und daß der Lump, der niederträchtige, eingesperrt wird, das wünscht er. Und daß man ihn gar nimmer aus dem Zuchthaus herausläßt.

»Halt, halt! Was für ein Lump?«

»Ja, wer denn anders als der Berghauser Nazi! Wer ist denn der größte Bazi, der auf der weiten Welt umeinandlauft? Wer ist denn der allermiserabligste Kerl von ganz Dietramszell? Wer ist denn soviel schlecht, daß es gar nix Schlechters gar nimmer geben kann?«

Sagt der Advikat: »Das muß der Berghauser Nazi sein!«

Der Scherer ist paff vor Staunen. Daß sie gscheidte Leut sind, die Advikaten, das hat er gewußt – aber der da, der derrat alles.

»Da tät der Herr Avikat also den Kerl schon kennen?« sagt der Scherer.

»Nein.«

»Aber ih!« schreit der Scherer. »Ja, den tät nur er richtig kennen. Wie nixnutzig und giftig und hinterkünftig der ist! Der wo zu einer jeden Schandtat fähig ist, der wo – –«

»Was ist denn das für ein Berghauser Nazi?«

»Der Berghauser? Ja, das ist ja gar nicht zu beschreiben, was das für einer ist. Gegen den ist ja ein Raubmörder ein unschuldigs Kind! Der ist ja ein ganzer Bazi!«

»Wie heißt er denn eigentlich?«

Der Scherer schaut den Advikat mißtrauisch an. Hat er's ihm nicht schon gesagt? Und überhaupt: weiß das nicht ein jedes Kind auf der Straßen, wie der heißt?

Und der Scherer grollt: »Der Berghauser Nazi halt!«

»Hat er sonst keinen Namen?« Da schaut der Advikat auf seine Uhr.

»Ja, das könnt der Scherer grad auch nicht sagen. Aber gleich das zweite Haus hat er, wann man beim Dorf hereingeht, von Nandlstadt her. Und brinnrote Haar hat er, es kennt ihn ein jedes Kind, wann man sagt: der rothaaret Nazi!«

»So?« (Jetzt putzt er sich seine Fingernägel, der Advikat.)

»Ja!«

»Hm – und warum ist der so ein schlechter Kerl?«

Der Scherer macht sein Maul auf – weiter als ein Stadeltor.

»Waruma – waruma als daß der so schlecht is? Da kinna Sie fragn: waruma? So grundschlecht als wia der is, da macht ma sih übahaapts koan Begriff net. Und da fragn Sie: waruma?«

»Und der hat Ihnen also was angetan?«

Jetzt mag der Scherer schon bald nimmer; so völlig dumm wann einer fragen kann!

Schreit der Scherer: »Mei täglihs Brot hat er mir gnomma! Mei täglihs Brot hat er mir gnomma! Dees liegt doh sunnaklar auf da Hand!«

»Was ist Ihr tägliches Brot?«

Der Scherer: »Dees san Schermäus!«

»Maulwürfe?«

»Jawoi. Und wär kein schlechtes Brot,« meint der Scherer, »und er hätt gut an die vierzehnhundert Tagwert Schermausrevier. Und jede Schermaus ein Zehnerl – schaut schon ein tägliches Brot heraus. Kommt aber der Bazi, und will's wegschnappen.«

»Und jetzt tät die Geschicht erst das Verzwicktwerden anfangen,« sagt der Scherer, wie er den Advikaten einen Brief lesen sieht.

Gleich horcht der Advtkat wieder auf.

»Jawohl, jetzt tät's erst kommen! Und die Gschicht wär so: für das Zehnerl müßt er nur den Kopf abliefern, nur den Kopf!«

»Ob er sich dann das andere braten tät?« fragt der Advikat.

»Ha?« fragt der Scherer mißtrauisch. »Braten? Moana Sie vielleicht, ih tua d'Schermäus bratn?«

»Nicht braten?«

»Was an ehrlicher Christnmensch is, der brat doh koani Schermäus net? Ja, was waar denn net dees?« Der Scherer braucht eine starke Pris Schnupftabak, bis er sich beruhigen kann. Und dann erklärt er's dem Herrn Advikaten: daß die Schermaus doch ein schönes Pelzerl hat und daß man das Pelzerl abziehn kann. Und daß es ein Schloß gibt gleich an der Hiterach, und da ist eine Frau Gräfin und die will halt recht viel so Schermäushäut haben. Und will sich einen Überzieher davon machen lassen. Ein jeder vernünftige Mensch muß lachen – aber sie will halt einen Überzieher davon machen!

»Und zahlt a Zwanzgerl für a jedi Haut! A Zwanzgerl! Waruma? Ih vosteh's net! A jeda Mensch muaß lacha!«

Schau, der Herr Advikat hat ihn schon: »Und da verkauft der Berghauser auch die Häut hin, fangt auch die Schermäus und verkauft auch die Häut hin?«

Der Scherer schaut verdutzt, weil er's wieder so schnell derraten hat, der Advikat. Das sind dir aber Spitzbubn, die Advikaten! Das muß man ihnen lassen.

»Ja,« grübelt er, »ja. So a Bazi!« Und dann laßt er den Kopf hangen und sagt traurig: »Also, da müßt er den Bauern die Köpf geben, und da müßt er also die Köpf abschneiden.«

»Freilich.« meint der Advikat und fangt wieder mit dem Brieflesen an, »freilich!«

»Ma konn s' aba-r-aa abbeißen!« brüllt da der Scherer auf einmal.

Da hat der Advikat den Brief doch wieder fallen lassen. »Abbeißen, abbeißen, so?«

»Freilih,« sagt der Scherer verwundert, »waruma denn net? Waruma soll ma s' denn net abbeißen könna?«

Der Advikat gibt's jetzt auch zu – ja, das kann man schon; vielleicht kann's nicht ein jeder, aber im großen und ganzen kann man's schon.

»Und drum beiß ih s' ab!« schreit der Scherer.

»Was?«

Alles weiß er halt doch nicht! denkt sich der Scherer. Alles weiß er halt doch nicht. Den Maler kennt er halt doch nicht – »kenna Sie den Herrn Maler net?«

»Nein, er kann sich nicht erinnern.«

»Ja, wenn er den Maler nicht kennt! Den sollt er schon kennen; das ist dir aber einer! Der ist ja ein ganz ein lustiger. Der malt also auf den Wiesen, und da sieht ihn der Scherer immer und der Maler sieht den Scherer und da dischkurieren sie miteinander (der Maler ist ja ein ganz lescherer) und da erzählt ihm also der Scherer von seinem Handwerk und wie er den Schermäusen den Kopf abschneiden muß – sagt der Maler auf einmal:

»Könnt man aber runterbeißen auch, den Kopf!«

Ist der Scherer nachsinnierig geworden und hat dann gesagt, ja, das könnt man schon auch. Sagt der Maler weiter, ob er's fertig brächt, der Scherer, so einen Schermauskopf runterzubeißen?

Der Scherer ist wieder nachsinnierig worden und meint dann: sowas müßt aber schon gut zahlt werden und wegen einem einzigenmal, da tät er gar nicht anfangen mögen!

Ob er um eine Maß so einen Kopf runterbeißen tät?

»Ja, um eine Maß freilich!«

»Und nachat –« will der Scherer weiter fahren; aber der Advikat meint auf einmal, »jetzt tät er's schon begreifen.«

Und der Scherer rechnet nun vor, wie jetzt die Sachen stehen: »Vierazwanzg Pfennig vo dem fideln Mala, zehni vom Baurn und zwanzgi voh dera spinnatn Gräfin – vierafufzg Pfennig da Scher. Aber wie's halt so geht in der Welt: neidige Leut gibt's überall! Wann's einem recht gut geht, dann möcht's der ander auch so gut haben. Und da kommt also –«

»Der Berghauser!« lacht der Advikat und tut auf einmal nicht mehr auf die Uhr schauen und nicht mehr seine Nägel putzen und nicht mehr Briefe lesen. »Der Berghauser!« schreit er und hat eine Mordsfreud dran, daß jetzt der Berghauser auch noch kommt.

Der Scherer hat wieder Respekt vor dem Advikaten. Das sind dir aber Spitzbubn, das sind dir aber Spitzbubn, sagt er sich; ums Eck wann die schauen müssen, dann können sie's auch, die Advikaten!

»Und pfuscht mir scho ins Hanbwerk aa, der Lump, der miserabligi, der ganz ölend Bazi, der ganz ölend! Und fangt mir d' Schermäus weg, der Zigeina, der verwahrlost, und fangt mir meine Schermäus weg!«

And der Scherer schaut nach seinem haselnussern Gehstecken im Eck. Dem wüßt er jetzt eine Arbeit, dem Haselnussern, drei Täg und drei Nächt auf dem gleichen Buckel!

»Lafft zu dee Bauern, der Saukerl, und lafft zu dera Gräfin, und bringt dene Schermäus! Da hört sih doh alles auf!«

Der Advikat gibt's zu, daß sich da alles aufhört.

»Aba 's schöna kimmt erst: und lafft zu dem Maler! Und lafft zu dem Maler!« Das wirft der Scherer dem Advikaten ins Gesicht, wie man beim Tarocken die Herzaß hinhaut, wann man den letzten Stich damit macht. »Und geht zu dem Maler aa, der Bazi, der Galgnbazi!«

Jetzt hebt sich der Advikat schon an seinem Stuhl fest. Jetzt sieht er's doch ein, daß der Berghauser ein ganz schlechter Kerl ist.

»Zum Kopfabbeißen,« hat er genickt, »zum Kopfabbeißen ist er gekommen, ja!«

»Wann's noh bloß dees alloa waar, wann's noh bloß dees alloa waar!« Dem Scherer ist das Weinen nah. »Der goodverlassn Hund, der ganz miserabligi!«

Ja, das ist eine ganz trübselige Gschicht: da hat der Maler eines schönen Tags gesagt, er wär nimmer zufrieden mit dem Scherer und seiner Kopfabbeißerei. Da gäb's ganz andere Leut, die könnten ganz andere Stückl! Und heut wär's einmal nix mit dem Kopfabbeißen und wann der Scherer wissen möcht, warum, dann sollt er nur ein bissel warten, und dann tät er's schon einsehen, warum!

»Also, ih wart, und wer kimmt? Wer moana S', daß kemma is?«

Sagt der Advikat kaltblütig: »Der Berghauser!«

Sind halt Spitzbubn, die Advikaten! Sind halt Spitzbubn! Der Scherer braucht eine Pris Schmaizler, bis er sich wieder fassen kann. Ha, das sind dir aber Spitzbubn!

»Kommt also der Nazi ins Spiel. Kein Wörtl hätt man aber von ihm gehört, kein Sterbenswörtl! – die Angst halt,« meint der Scherer. »Aber der Maler, der hätt gar so spitzbübisch gelacht und hätt gesagt: ›hast Schermäus?‹

Der Nazi: ›Ih scho, ih!‹

‚Also, außer!'

Zieht der Lump eine Schermaus außer!

Und beißt ihr den Kopf ab!

Schreit der Scherer: ›Dees konn ih aa! Da braucht ma koan Berghauser und koan Galgnbazi dazua, der wo gar koa Recht net hat zu sowas!‹

Und was sagt der schlechte Tropf drauf?

Der Advikat – schau: das derrat der Advikat doch nicht.

Sagt der Scherer: »Nix hat er gsagt! Glacht hat er! Glacht hat er!

Und der Maler: ›Scherer, jetzt paß aber auf, was jetzt kommt!‹

»Und was moanst, daß jetzt kemma is?« frägt der Scherer den Advikaten.

Kann schon wieder nicht Red und Antwort stehn, der Advikat.

Und der Scherer wischpert: »Nimmt da Nazi den Kopf von dera Schermaus, schiabt'n hinter d' Zähn und schluckt'n abi – schluckt'n abi; wann ih's sag, na muaß's wahr sei: schluckt'n abi!«

Jetzt ist er doch drunten, denkt der Advikat und kriegt's mit dem Gruseln zu tun, jetzt ist er endlich drunten, der Kopf!

Der Scherer aber weint: »Der Maler wär ein solcher und hätt gesagt: ›Scherer,‹ hätt er gesagt, ›das mußt nachmachen! Scherer, das mußt nachmachen!‹

Und hab noh gar nia koan Schermauskopf fressn mögn, aber noh gar nia! Aber er: ›Scherer, dees muaßt nachmacha!‹

Nicht hat er's fertig bracht, der Scherer!

»Und so ist der Verdienst beim Teufl gewesen – so ein schlechter Kerl lauft ja gar nicht mehr rum in der Welt, wie der Nazi ist!«

»Hm!« sagt der Advikat; weiter nichts, als »Hm!«

»Aba dem muaß's Handwerk glegt wern!« schreit der Scherer, »dem muaß sei Handwerk glegt wern!«

»Ja,« sagt der Advitat und steht langsam vom Stuhl auf und geht hinaus.

Der Scherer schaut ihm verwundert nach. Und dann schnupft er wieder eine Pris und grübelt weiter: dem muß das Handwerk gelegt werden! Der Herr Advikat – der legt's ihm; der ist jetzt hinausgegangen und schaut in den dicken Büchern nach, wie daß man mit solchen Lumpen umgehen muß.

Kommt ein Schreiber herein und bringt einen Stoß Akten.

»Hat er's scho gfundn in dee Bücher?« fragt der Scherer.

»Nein!« knurrt der Schreiber und geht wieder. (Ein unguter Mann! sagt sich der Scherer.)

Daß er's so lang nicht finden kann? fragt sich der Scherer nach einer Weil. Vielleicht steht's gar nicht in seine Bücher?

Nein, Scherer, das steht nicht in den Büchern – da darfst noch lang warten. Wannst gscheidt bist, dann gehst gleich. Sonst kommt gleich einer herein und sagt dir einen schönen Gruß vom Herr Advikaten und es ist nix.

Mach daß du weiter kommst, du gräuliches Mannsbild, du gräuliches, ich rat's dir gut.

Schau: jetzt geht er, der Scherer!

Anhang

MICHAEL STEPHAN

Der Journalist Georg Queri und der »Starnberger Land- und Seebote«

Erste Münchner Jahre und journalistische Anfänge (1900–1908)

Georg Queri, am 30. April 1879 in Frieding (bei Andechs) geboren und in Starnberg aufgewachsen, war nach dem Abbruch seiner Gymnasialzeit in Neuburg an der Donau seit dem 15. Januar 1900 in München gemeldet.[1] Laut dem polizeilichen Meldebogen wohnte er zunächst in der Hohenzollernstr. 73 im 4. Stock zur Untermiete bei Familie Spreitzer. Bis zu seinem frühen Tod am 21. November 1919 im Krankenhaus links der Isar verzeichnet der Meldebogen 18 Wohnungswechsel allein in München.

Als Beruf gab Queri bei seiner Ankunft in München »Privatsekretär« an. Tatsächlich arbeitete er – wenn man der ersten Geschichte »Der Warzentod« im »Wöchentlichen Beobachter von Polykarpszell« Glauben schenken darf – »als Schreiber bei dem Rechtsanwalt David Mayer III zu München (…) in der Kaufingerstraße«. Dem Ich-Erzähler bietet sich nach einem Jahr die Gelegenheit, als Redakteur zu dem (natürlich fiktiven) »Wöchentlichen Beobachter von Polykarpszell und Umgebung« zu wechseln. Im wirklichen Leben folgten bei Queri zunächst schriftstellerische Versuche in München, und 1901 veröffentlichte er hier sein erstes Theaterstück »D'Hochzeiterin«.[2] Folgerichtig wird er im Meldebogen seit dem 3. Februar 1902 als »Schriftsteller« geführt. Doch schon am 2. August 1902 kommt es zu einer weiteren Änderung der Berufsbezeichnung: »Redakteur«. Der Schreiber hat das Wort,

---

[1] Stadtarchiv München, Meldebogen (PMB G 598) für Georg Queri.
[2] Georg Queri, D'Hochzeiterin. Ein oberbayerisches Stück in drei Ereignissen, München (Gradinger & Co.) 1901.

als ob er nun die Endgültigkeit der Berufswahl besonders betonen wollte, dick unterstrichen. Queri arbeitete nun als Lokal- und Gerichtsreporter für die »Münchner Neuesten Nachrichten«; dort konnte er auch erste Erzählungen veröffentlichen.[3]

Queri tauchte ein in das Bohème-Leben der Stadt, verbrachte viel Zeit in Gasthäusern und Weinlokalen, wovon die Gästebücher des »Bratwurstglöckls am Dom« oder der »Torggelstube« noch heute Zeugnis ablegen. Als Schriftführer der »Camaraderie – Gesellschaft zur Pflege freier Kunst« organisierte er Leseabende im Künstlerhaus. Auch selber trat er mit seinen eigenen ersten literarischen Erzeugnissen auf. Der Historiker Karl Alexander von Müller erinnerte sich viele Jahre später an eine Begegnung im Winter 1906/07: »Wie viele Gestalten drängen sich noch aus diesen Monaten zu! [...]; in einem viereckigen Häuslein in Schwabing, bei einer der vier geschiedenen Frauen Eugen d'Alberts, liest Georg Queri, hinkend und derb, unsagbare bayerische Verse, [...].«[4]

Neben seinen schriftstellerischen Ambitionen hatte Queri auch wissenschaftliche im Bereich der Volkskunde. Er sammelte erotische Schnaderhüpferl, da sie in den eingängigen Liedersammlungen immer unterschlagen wurden, und befasste sich intensiv mit dem Brauch des Haberfeldtreibens. Auch dabei interessierte ihn vor allem das erotische Moment der Habererverse.[5]

Am 7. Dezember 1907 ließ sich Queri einen drei Jahre gültigen Pass für Nordamerika ausstellen und meldete sich am 13. Dezember in München ab.

Von Bremen aus fuhr er einen Tag später mit dem Schiff »Barbarossa« nach New York, wo er am 27. Dezember in Ellis Island, dem Einwandererhafen, ankam. In der noch erhaltenen Passagierliste mit seinen 29 Rubriken gab Queri als Beruf »author« an.[6] Als Zieladresse nennt Queri in dem Einreiseformular: »Mad[ame] Schu-

---

[3] Das Familiengrab. Eine Bauerngeschichte aus dem Dachauer Revier. In: Münchner Neueste Nachrichten vom 17. Juli 1904.
[4] Karl Alexander von Müller, Aus Gärten der Vergangenheit, Stuttgart 1951, S. 435f.
[5] Georg Queri, Erotik beim Haberfeldtreiben in Oberbayern. In: Anthropopyteia. Jahrbücher für folkloristische Erhebungen und Forschungen zur Entwicklungsgeschichte der geschlechtlichen Moral, Band IV, Leipzig 1907, S. 260-279.
[6] Im »American Family Immigration History Center« in Ellis Island (www.ellisisland.org) ist Queris »passenger record« erhalten mit seinen Eintragungen in die »List or manifest of alien passengers for the United States immigration officer at port of arrival«.

mann-Heintz, singer (New Jersey)«.[7] Die Fragen in den Rubriken Nr. 20 und 21, ob er Polygamist bzw. Anarchist sei, beantwortet er natürlich mit »no«. Leider füllte Queri auch die Rubrik Nr. 24 (»Deformed or crippled«) wahrheitsgemäß aus: »My left leg is shorter than the right«. Als 13jähriges Kind hatte Queri beim Schulturnen einen komplizierten Hüftgelenksbruch erlitten, so dass ein Bein verkürzt blieb und er zeitlebens hinkend am Stock ging. Die amerikanischen Einwanderungsbehörden reagierten auf Behinderungen jeglicher Art sehr restriktiv. Es ist zu vermuten, dass Queri mit einem der nächsten Schiffe wieder nach Deutschland zurückgeschickt worden ist. Die Behauptung, Queri hätte in New York für die deutschsprachige »Staatszeitung« Reportagen geschrieben, muss demnach als Legende bewertet werden. Schon am 15. Februar 1908 meldet sich Queri wieder in München zurück.

Gleich nach seiner Rückkehr zeichnet sich für Queri eine neue berufliche Perspektive ab, allerdings nicht in München, sondern in seiner Heimatstadt Starnberg als Chefredakteur des »Starnberger Land- und Seeboten«. Ende Februar 1908 hatte Ferdinand Geiger im Namen des Verlags des »Land- und Seeboten« folgende Ankündigung »an die verehrlichen Leser« veröffentlicht:

»Am kommenden ersten März wird Herr Schriftsteller Georg Queri die Schriftleitung des ›Land- und Seeboten‹ übernehmen.
  Wir bringen damit einen längst gehegten Plan zur Ausführung: den redaktionellen Teil unseres Blattes einem weitgehenden journalistischen Ausbau zu unterziehen, hauptsächlich durch ständige ausführliche Referate über Gemeindeangelegenheiten sowie durch möglichst rasche und lückenlose Berichterstattung über alle zur Veröffentlichung geeigneten lokalen Vorkommnisse.
  Herr Georg Queri ist ja unseren verehrlichen Lesern kein Fremder. Er ist ein Kind unserer Scholle und hat sich in achtjähriger Tätigkeit an ersten Tagesblättern sowie durch seine Mitarbeit an mehreren bekannten Zeitschriften als Journalist wie als Schriftsteller erprobt.

---

[7] Über diese Sängerin konnten bisher keine näheren biographischen Angaben ermittelt werden.

Der ›Land- und Seebote‹ wird vorläufig als dreimal wöchentlich erscheinendes Blatt weiter geführt werden; auch wird die politische Berichterstattung nach wie vor eine unbedingt objektive sein, unbeeinflusst von irgendwelcher politischer Parteirichtung.«

Erst jetzt und hier, in Starnberg und Umgebung, sollte Queri den Stoff für seine Polykarpszeller Geschichten finden.

Der »Starnberger Land- und Seebote« (1875–1990)

Der »Starnberger Land- und Seebote« (auch »Starnberger Seebote« genannt) erschien als »Wochenblatt für Starnberg und Umgebung« erstmals am 31. Dezember 1875. Die Erscheinungsweise wechselte von zwei- bis dreimal wöchentlich. Zu Queris Zeiten kam sie jeden Dienstag, Donnerstag und Samstag heraus. Die Zeitung fungierte auch als Amtsblatt für das Amtsgericht, das Rentamt (das heutige Finanzamt), teilweise auch für das Bezirksamt (das heutige Landratsamt) und als Anzeigeblatt für die Gemeinde Starnberg.

1910, also zwei Jahre nach Queris Eintritt in die Redaktion, übernahm Joseph Jägerhuber die Druckerei und den Verlag. Jägerhuber war zugleich Bürgermeister von 1910 bis 1933. Nach 1918 trat er der Bayerischen Volkspartei (BVP) bei. 1924 kam Otto Knab (*1905) als Setzer und Redaktionsassistent zum »Land- und Seeboten«, wo er es 1929 zum Chefredakteur des nun sehr BVP-nahen, katholischen Blattes brachte. Mit seinen Artikeln gehörte er zu den frühen Mahnern gegen den aufsteigenden Nationalsozialismus in Starnberg.[8]

Nach der Machtübernahme der Nationalsozialisten wollte sich die Starnberger NSDAP-Kreisleitung unter Franz Buchner in die Zeitung einkaufen und damit auf die neue politische Linie bringen. Joseph Jägerhuber und sein Sohn, die beiden Inhaber der Zeitung, gingen zunächst nicht auf die Kaufangebote ein. Erst als im Zuge einer Verhaftungswelle gegen BVP-Funktionäre Ende Juni

---

[8] Elke Fröhlich, Redakteur am Starnberger »Seeboten«. In: Martin Broszat und Elke Fröhlich (Hrsg.), Bayern in der NS-Zeit, Band VI: Die Herausforderung des Einzelnen. Geschichten über Widerstand und Verfolgung, München 1983, S. 115–137.

1933 auch der fast 70jährige Seniorchef des Verlags ins Gefängnis kam und eine Abschiebung ins Konzentrationslager Dachau drohte, gab sein Sohn dem Druck nach. 51 Prozent der Geschäftsanteile gingen nun an die NSDAP, ohne dass diese je einen Pfennig zahlte. Der »Starnberger Land- und Seebote« wandelte sich nun schleichend zu einer nationalsozialistischen Parteizeitung, war sie doch zugleich Mitteilungsblatt des NSDAP-Kreises Starnberg. Seit Anfang 1934 stand das Hakenkreuz im Titel der Zeitung.

Otto Knab[9] arbeitete zunächst widerwillig als Chefredakteur weiter, was aber nur bei oberflächlicher Betrachtung als Opportunismus ausgelegt werden kann. Seine Artikel schwanken zwischen Resistenz und Anpassung. Als er sieht, dass sich das nationalsozialistische System immer mehr etabliert, entschließt er sich am 15. Juli 1934 zur Flucht in die Schweiz. Sein letzter Artikel vom 14. Juli mit der Überschrift »In Deutschland sind aufrechte Männer nicht geduldet« wird nicht mehr gedruckt. Noch im gleichen Jahr veröffentlicht er im Schweizer Exil seine »Grotesken Erinnerungen aus Bayern« unter dem Titel »Kleinstadt unterm Hakenkreuz«.

Nach 1945 übernimmt der Enkel Joseph Jägerhuber (*1926) den väterlichen Betrieb. 1948 erhält er von der amerikanischen Militärregierung die Lizenz Nr. 25 für das Wiedererscheinen des »Starnberger Land- und Seeboten«. Die Zeitung erscheint dreimal die Woche bis zum Jahr 1990; dann zwingt die große Konkurrenz der Münchner Tagespresse mit seinen Regionalausgaben Jägerhuber zur endgültigen Einstellung der Zeitung.[10]

Georg Queri, der »Starnberger Land- und Seebote« und die Eulenburg-Affäre (1908)

Gleich einer der ersten Artikel von Georg Queri im »Starnberger Land- und Seebote« brachte sein Provinzblatt in Kontakt mit der großen Welt der Politik. Unter der Überschrift »Politische Rundschau« berichtete Queri auf der Titelseite der Ausgabe vom 26. März 1908 über die damals aktuelle publizistische und dann

---

[9] Norbert Frei und Johannes Schmitz, Journalismus im Dritten Reich, München 1999; zu Otto Knab S. 160–163.
[10] Im Archiv der Druckerei Josef Jägerhuber GmbH in Starnberg ist die komplette Serie des »Starnberger Land- und Seeboten« überliefert.

auch juristische Auseinandersetzung zwischen dem Journalisten Maximilian Harden und Philipp Fürst zu Eulenburg-Hertefeld, dem engen Vertrauten Kaisers Wilhelms II., was Queri eine Privatklage des Rechtsanwalts Max Bernstein im Namen Hardens einbringen sollte.

Kurz zur Vorgeschichte: Der Publizist Maximilian Harden (1861–1927) hatte 1892 die politische Wochenzeitschrift »Die Zukunft« gegründet, die zum Organ seiner scharfen Kritik an der Politik Kaiser Wilhelms II wurde. Seit 1906 diskreditierte Harden in einer Artikelserie das Umfeld des Kaisers (»Hofkamarilla«) als moralisch verwerflich und bezichtigte den Generalleutnant Graf Kuno von Moltke und vor allem Fürst Philipp von Eulenburg-Hertefeld (1847–1921) der Homosexualität. Dieser skrupellose Enthüllungsjournalismus – unter dem Vorwand ethisch-moralischer Motive – ließ sogar Karl Kraus, der sich mit seiner Zeitschrift »Die Fackel« Maximilian Harden und seine Zeitschrift zum Vorbild genommen hatte, auf Distanz gehen. Gegen die Vorwürfe ging Graf Kuno von Moltke juristisch vor und strengte im Oktober 1907 vor dem Berliner Schöffengericht einen Prozeß gegen Harden wegen übler Nachrede an, der aber mit einem Freispruch für Harden endete. In der Revisionsverhandlung vor dem Berliner Landgericht, in der Eulenburg unter Eid aussagte, sich niemals Handlungen, die gegen den Paragraphen 175 verstoßen, zuschulden kommen zu lassen, wurde Harden jedoch Anfang Januar 1908 zu vier Monaten Gefängnis verurteilt. Umso verbissener setzte er nun seinen Feldzug gegen Eulenburg fort. Hardens und seines Anwalts Bernstein Strategie war es nun, die gegen Eulenburg gesammelten Beweise vor einem bayerischen Gericht zur Geltung zu bringen.

In dieser Situation kam ihm der Artikel von Georg Queri, der von »den Verleumdungen der ›Zukunft‹« spricht, gerade recht. In dem Strafantrag und der Privatklage des Rechtsanwalts Max Bernstein vom 30. März 1908 heißt es dann:
»Herrn Queri ist bekannt, daß die Artikel der Zukunft, welche die angeblichen ›Verleumdungen‹ des Fürsten Eulenburg enthalten, von Herrn Harden nicht nur veröffentlicht, sondern auch verfaßt sind. Der ohne Grund erhobene Vorwurf der Verleumdung trifft also Herrn Harden persönlich.«

Das Schreiben mit dem Antrag, gegen Queri das Hauptverfahren wegen Beleidigung zu eröffnen, ging am 31. März 1908 beim Amtsgericht Starnberg ein und wurde Queri am 2. April zugestellt mit der Aufforderung, binnen zwei Wochen eine etwaige Erklärung abzugeben.[11]

Der Kelch, in die Eulenburg-Affäre hineingezogen zu werden, ging aber dann knapp an Queri vorüber. Ein anderer Artikel schien Bernstein für sein Vorhaben noch günstiger. Dieser Artikel »Harden und Fürst Eulenburg« erschien fast gleichzeitig wie der von Queri am 25. März 1908 in der dem antiklerikalen Bayerischen Bauernbund nahestehenden »Neuen Freien Volkszeitung«. Auch hier fand sich eine beleidigende Äußerung, für die der verantwortliche Redakteur Anton Städele zur Rechenschaft gezogen werden sollte.

In dem Beleidigungsprozess, der am 21. April 1908 beim Schöffengericht München I stattfand, präsentierte dann Bernstein zwei Zeugen, deren Aussagen überhaupt nicht zum Prozessgegenstand gehörten. Es waren der Milchhändler Georg Riedl aus München, ein Fischersohn aus Feldafing, und der Starnberger Fischer Jakob Ernst, die als Belastungszeugen gegen Eulenburg für Vorgänge aus der Zeit zwischen 1881 bis 1888 dienten, als Eulenburg als Legationssekretär der preußischen Gesandtschaft in München arbeitete und oft in seiner Familienvilla in Starnberg weilte.[12] Die beiden Zeugen gestanden auf Drängen Bernsteins detailliert geschilderte sexuelle Kontakte mit Eulenburg. Damit war Eulenburg, ohne angeklagt oder auch nur als Zeuge geladen worden zu sein, eindeutig des Meineids überführt worden. Der Redakteur wurde zu einer Geldstrafe von hundert Mark verurteilt, die Bezahlung übernahm Harden.

---

[11] Der Strafantrag befindet sich in Abschrift im Nachlaß Queri (Privatbesitz).
[12] Auch in der Nacht vom 13. auf den 14. Juni 1886, in der König Ludwig II. und sein Arzt von Gudden auf mysteriöse Weise aufs Leben kamen, war Eulenburg zufällig in Starnberg und gehörte so zu den ersten Zeugen am Unglücksort. Seine Aufzeichnungen über »Das Ende König Ludwigs II.« sind 1934 posthum erschienen. In dem Nachwort zur Neuauflage aus dem Jahr 2001 (insel taschenbuch 2734) geht der Herausgeber Klaus von See auch auf die Eulenburg-Affäre und den Beleidigungsprozess ein: »Um sie (die beiden Starnberger Zeugen) zu eidlichen Aussagen veranlassen zu können, inszenierte man einen Beleidigungsprozess gegen einen eigens hierzu engagierten Münchner Redakteur« (S. 176).

Der »Starnberger Land- und Seebote« berichtet am 23. April 1908 natürlich wegen des Lokalkolorits in einem großen zweiseitigen, namentlich nicht gekennzeichneten Bericht ausführlich und detailliert über den Prozess vom 21. April 1908, ohne dass Queris eigene Beleidigungsklage Erwähnung findet.

Die Aussagen der beiden Zeugen in diesem Prozess führten jedoch dazu, dass das Berliner Schwurgericht am 29. Juni 1908 einen Meineidsprozess gegen Eulenburg eröffnete. Während der Verhandlung brach Eulenburg zusammen, der Prozess wurde vertagt und nicht mehr aufgenommen. Auch wenn eine Verurteilung ausblieb, erschütterte die Affäre das Ansehen des Kaisers und des Hofes. Eulenburg lebte die letzten fünfzehn Jahre bis zu seinem Tod in gesellschaftlicher Ächtung. Und Maximilian Harden, der in der Weimarer Republik für die Abschaffung des § 175 eintrat, bedauerte im Rückblick sein unerbittliches Vorgehen in der Eulenburg-Affäre.

Und Georg Queri? Der kleine Starnberger Redakteur war in der ganzen Geschichte wohl nur instrumentalisiert worden. Sein Artikel im »Starnberger Land- und Seeboten« vom 26. März 1908 war wohl eine Gefälligkeit für Bernstein, den er aus seinen Münchner Jahren kannte und zu dessen Gästen in seinem literarischen Salon in der Münchner Briennerstraße er auch zählte. Zudem war Queri immer in Geldschwierigkeiten, gerade nach seiner missglückten Amerikafahrt. Auf jeden Fall konnten Harden und Bernstein[13] nach dem so erfolgreichen Ausgang des Beleidigungsprozesses in München getrost in Starnberg die Klage gegen Queri wieder zurückziehen.

Zu bemerken bleibt freilich noch, dass im Jahr 1912 ausgerechnet der Rechtsanwalt Max Bernstein in dem Prozess um Georg Queris Buch »Kraftbayrisch« als Verteidiger von ihm und seinem Verleger Reinhard Piper fungierte.[14] Und 1913 nahm Queri den

---

[13] Jürgen Joachimsthaler, Max Bernstein. Kritiker, Schriftsteller und Rechtsanwalt (1854–1925) (=Regensburger Beiträge zur deutschen Sprach- und Literaturwissenschaft, hrsg. von Bernhard Gajek, Reihe B, Band 58), Frankfurt am Main 1995, S. 630–632. – Zu den Harden-Prozessen S.531–565 (ohne Erwähnung der Beleidigungsklage gegen Georg Queri).

[14] Vgl. Michael Stephan, Unzucht oder Wissenschaft? Der Prozess um das Buch »Kraftbayrisch« von Georg Queri (1912). [Nachwort zu:] Georg Queri, Kraftbayrisch. Ein Wörterbuch der erotischen und skatologischen Redensarten der Altbayern, München 2003, S. 247–263 [Neuauflage der Ausgabe von 1912 in

schreibenden Rechtsanwalt in seine Anthologie »Bayernbuch«
mit einigen Szenen aus dessen Theaterstück »D'Mali« auf.[15]
Die Eulenburg-Affäre selbst konnte Queri dann für sein Wörterbuch »Kraftbayrisch« noch mit einem Beleg aus dem Volksmund verwerten:
Päderastie treiben: »pusseriern«, »Spinat stecha«. Ein Päderast ist ein »Spinatstecher«, eine »Spinatwachtl«. Die Starnberger Villa des Fürsten Eulenburg heißt im Volksmund »das Spinatgärtl«.[16]

»Der Wöchentliche Beobachter von Polykarpszell«

1909 kam es zu der für Queri so wichtigen Bekanntschaft mit dem jungen Verleger Reinhard Piper, der fünf Jahre zuvor seinen eigenen Verlag in München gegründet hatte. Er interessierte sich besonders für Queris »Weltliche Gesänge des Egidius Pfanzelter von Polykarpszell«, die gerade in einem anderen Münchner Verlag erschienen waren. Zwei Jahre später eröffnete er mit einer um zwölf Gedichte erweiterten Ausgabe »die bayerische Ecke« in seinem anspruchsvollen Programm.[17]

Damit war die Tür zu dem kleine fiktiven Kosmos Polykarpszell aufgetan, dem noch im gleichen Jahr die autobiographisch gefärbten »Geschichten aus einer kleinen Redaktion« folgten.

Die kleinen Geschichten um den »Wöchentlichen Beobachter von Polykarpszell« speisten sich aus den konkreten Erfahrungen, die

---

der Reihe »edition monacensia«]. – Michael Stephan, Der Prozess um das Buch »Kraftbayrisch« von Georg Queri (1912) – Rechtsgeschichtliche Anmerkungen zum § 184 Reichsstrafgesetzbuch und zum Münchner Zensurbeirat. In: Archivalische Zeitschrift 88 (2006), S. 977–994.

[15] Michael Stephan, Das »Bayernbuch«. Georg Queris und Ludwig Thomas Anthologie der bayerischen Literatur (1913). In: Literatur in Bayern Nr. 69 (September 2002), S. 22–27.

[16] Im Kapitel »Begleiterscheinungen«; Ausgabe 1912, S.134; Ausgabe 2003, S.149. – Vgl. auch im Kapitel »Pissen« (1912, S. 75): »Wer das Hosntürl (oder die ›Falln‹) nicht schließt, ist ein ›Starnberger‹ (mit dem Fall Eulenburg hat diese Ortsneckerei nichts zu tun).«

[17] Michael Stephan, Mit Nagelschuhen durch die Münchner Bohème. Georg Queri als Mundartdichter [Nachwort zu:] Georg Queri, Die weltlichen Gesänge des Egidius Pfanzelter von Polykarpszell, München 2005, S. 97–104 [Neuauflage der Ausgabe von 1911 in der Reihe »edition monacensia«].

Georg Queri als Redakteur des »Starnberger Land- und Seeboten« in Starnberg und Umgebung gesammelt hatte. Darauf verweisen auch die realen Ortsnamen, die in den Geschichten (z. B. »Das Wunder von Polykarpszell«) immer wieder genannt werden, wie Tutzing, Perchting, Söcking, Aufkirchen, Leutstetten, Hanfeld, Machtlfing oder Garatshausen. Die Geschichte »Gabelhofer oder Bismarck?« verweist auf den Spagat, den Queri selbst oft zwischen der großen Politik auf der ersten Seite und der Lokalpolitik im hinteren Teil seiner Zeitung vollführen musste.

Queris Geschichten spiegeln mit liebevoller Ironie und oft bissigem Humor die bäuerliche Welt eines kleinen bayerischen Dorfes, das aber überall im oberbayerischen Voralpenland liegen könnte. Sein genauer Blick auf die Menschen, seine Vertrautheit mit den Nuancen des bayerischen Dialekts und seine geschickte Erzähltechnik machen das Buch auch heute noch zu einem wahren Dokument bayerischer Literatur.

Nicht umsonst fand eine der besten Geschichten (»Die Feuerwehr«) unter der Überschrift »Die freiwillige Feuerwehr zu Polykarpszell« Eingang in das von Ludwig Thoma und Georg Queri 1913 herausgegebene »Bayernbuch«, die erste Anthologie bayerischer Literatur überhaupt – mit dem bezeichnenden Untertitel: »100 bayerische Autoren eines Jahrtausends«.[18]

Als Journalist in Oberammergau (1909/10)

Schon nach einem Jahr scheint Queri den Posten als Chefredakteur des »Starnberger Land- und Seeboten« wieder aufgegeben zu haben, den am 6. April 1909 – so der Eintrag im Münchner Meldebogen – zog er für einige Monate nach Oberammergau. Er wohnte dort bei Guido und Ricca Lang im sogenannten Verlegerhaus der Firma Georg Lang sel. Erben. In diesem Haus war 1867 Ludwig Thoma geboren worden, denn die Mütter von Guido Lang und Ludwig Thoma waren Schwestern. Im Besitz von Guido Lang befand sich eine Handschrift mit dem ältesten Text des Passionsspiels von 1662, den Queri edierte und neu herausgab. Queri blieb noch in Oberammer-

[18] Vgl. Anm. 15.

gau während der Passionsspiele im Jahr 1910 und schrieb von dort für die »Münchner Neuesten Nachrichten« eine regelmäßige Kolumne »Aus dem Passionsdorfe«. Während dieser Zeit in Oberammergau machte Queri auch die Bekanntschaft mit Ludwig Thoma, damals auf dem Höhepunkt seiner Autorenkarriere, der sein Freund und Mentor werden sollte. Eine ganz andere Bekanntschaft machte er in Oberammergau mit Lion Feuchtwanger, mit dem er wegen der Passionsspiele in einer Pressefehde heftig zusammenrückte.

Lion Feuchtwanger (1884–1958), der 1907 sein Studium der Theaterwissenschaft an der Münchner Universität mit Promotion abgeschlossen hatte und seit November 1908 als Theaterkritiker an der von Siegfried Jacobsohn herausgegebenen Wochenzeitschrift »Die Schaubühne« mitarbeitete, veröffentlichte dort am 14. und am 21. April 1910 den grundsätzlichen Artikel »Oberammergau«, in dem er sich äußerst polemisch mit der biederen Theaterkunst der Oberammergauer Laiendarsteller auseinandersetzt, sich aber zugleich erstaunt zeigt über deren Geschäftstüchtigkeit.[19]

Queri reagierte sofort im zweiten Teil seiner vom 25. April datierten Kolumne, die am 27. April 1910 in den »Münchner Neuesten Nachrichten« abgedruckt wurde. Die Antwort Feuchtwangers ließ nicht lange auf sich warten. In einem am 12. Mai 1910 in der »Schaubühne« veröffentlichten Artikel »Der Retter Oberammergaus« greift er Queri direkt und ironisch an:

»Herr Georg Queri, der sich sonst im lokalen Teil der Münchener Neuesten Nachrichten über amerikanische Milliardäre, Automobilheroen, Ringkämpfer und ähnlich sensationelle Zeitgenossen verbreitet, ist den Oberammergauern – Hosiannah! – als Retter auferstanden und hat in der besagten Zeitung die Fülle seines Grolls über mich ausgegossen. (...) Der ganze Fall lohnt kaum der Worte. Charakteristisch aber ist es, dass selbst in München für die Passionsspiele kein andrer eintritt als ein Lokalreporter, der die Welt vom Standpunkt eines Schnadahüpfeldichters betrachtet und über ästhetische Fragen mit den Sprüchen eines Haberfeldtreibers debattiert.«[20]

---

[19] Wiederabdruck in: Lion Feuchtwanger, Centum opuscula. Eine Auswahl, hrsg. von Wolfgang Berndt, Rudolstadt 1956, S. 240–251.

[20] Queris und Feuchtwangers Artikel sind abgedruckt bei: Michael Stephan, Georg Queri 1879–1919. Journalist, Schriftsteller und Volkskundler aus Oberbayern. Ein Lesebuch, München 2002, S. 89–92.

Am 2. Juni 1910 veröffentlichte die »Schaubühne« noch einen dritten Essay Feuchtwangers zu diesem Thema: »Oberammergau 1910«.[21] Eigentlich ein Bericht über die Generalprobe, in dem sich aber kleine Sticheleien gegen Queri wie ein roter Faden durch den Text ziehen. Von Queri sind keine weiteren Reaktionen auf Feuchtwangers Polemiken überliefert. Ihre Wege haben sich später nicht mehr gekreuzt. Sie lebten zwar in derselben Stadt, aber in verschiedenen Welten. Georg Queri widmete sich nun verstärkt seinen volkskundlichen Sammlungen und Studien, die er in seinen bibliophil aufgemachten Bänden »Bauernerotik und Bauernfehme in Oberbayern« (1911)[22] und »Kraftbayrisch. Ein Wörterbuch der erotischen und skatologischen Redensarten der Altbayern« (1912)[23] veröffentlichte.

Im Weltkrieg

Erst während des Ersten Weltkriegs fand Queri zu seinem journalistischen Beruf zurück. Von März 1916 bis Oktober 1917 berichtete er von der Westfront als Kriegsberichterstatter für das »Berliner Tageblatt«. Als er krank wird (eine Spätfolge des schweren Unfalls als 13jähriger Schüler), gab Queri den Job an der Front wieder auf und suchte zunächst in Berlin beim Ullstein-Verlag nach einer neuen Aufgabe. Ludwig Thoma schrieb Queri am 26. September 1917 dazu: »Solche bodenständigen Radi gehören nicht in den märkischen Sand. Gehen Sie nicht nach Berlin in den Dienst dieser Presse. Das Heimweh bringt Sie um und was Sie auf einer Seite mehr kriegen, verlieren Sie auf der andern.«[24]

Queri kehrt zunächst nach Starnberg zurück. Am 1. Januar 1918 wird er Redakteur der angesehenen Zeitschrift »Jugend« in München, in der schon seit 1908 immer wieder kleinere Beiträge von ihm abgedruckt worden sind. Im März 1918 fährt Queri nach

---

[21] Wiederabdruck in: Centum opuscula, S. 254–258.
[22] Michael Stephan, »Ein wichtiger Meilenstein in der Literatur des Haberfeldtreibens«. Georg Queris volkskundliche Sammlung »Bauernerotik und Bauernfehme in Oberbayern« [Nachwort zu:] Georg Queri, Bauernerotik und Bauernfehme in Oberbayern, München 2004, S. 237–251 [Neuauflage der Ausgabe von 1911 in der Reihe »edition monacensia«].
[23] Vgl. Anm. 14.
[24] Brief im Nachlaß Queri (Privatbesitz).

Berlin zum Ullstein-Verlag wegen erneuter Verhandlungen. Im Mai 1918 wird er – zusätzlich zu seiner Redakteurstätigkeit bei der »Jugend« – Mitarbeiter der »Vossische Zeitung« im Ressort bayerische Politik.

Journalist zwischen Revolution und Reaktion (1918/1919)

Die Novemberrevolution 1918 erlebte Queri in Starnberg, was ihn auch wieder näher an den »Starnberger Land- und Seeboten« brachte. In einem undatierten und unveröffentlichten Presseartikel aus dem Nachlass Queris finden wir ganz erstaunliche Äußerungen:

»Die Quintessenz: jeden Tag liest man in den Zeitungen, dass die Bekenner aller Parteien sich auf den Boden der Republik stellen – man darf diese Bekenntnisse nur niemals praktisch nachprüfen. Die neue Regierung vermag nicht von heut auf morgen auszumerzen, was ausgemerzt werden muss, und so bleibt die über's ganze Land verstreute alte Macht mit allem dem alten Kram weiter in Übung und fördert den Eckel der Erwachten und Erweckten vor den Grundsäulen des alten Systems, auf denen sich das neue Haus nimmer erheben darf. Und überall, wo diese dumpfe alte Luft weht und wo die alten Machthaber grösseren und kleineren Stils mit Zopf, Perücke und Ornat sich als Herrschende austoben, wird das gefördert, was die moderne, aufbauende, wirklich staatserhaltende Sozialdemokratie verhüten will: der leidenschaftliche Drang zum Weiterkämpfen um ernste, ehrenhafte Ideale, über die vormärzischen Perücken den tötenden Aktenstaub zu schütteln gewohnt sind.«[25]

Das Bekenntnis Queris, dessen politischer Idealismus erwacht war, zur Sozialdemokratie scheint überraschend. Tatsächlich hat er sich zu diesem Zeitpunkt bereits den Sozialdemokraten in Starnberg angeschlossen, die seit 1904 dort einen Ortsverein hatten. Der genaue Beitrittstermin ist nicht bekannt. Vielleicht hatte der Auftritt von Ministerpräsident Kurt Eisner am 11. Januar 1919, einen Tag vor den Landtagswahlen, im völlig überfüllten Undosabad-Saal seine Wirkung gezeigt.

[25] Ebd.

Ausschlaggebend war aber wohl die Ermordung Eisners am 21. Februar 1919, denn am 27. Februar schrieb Queri an seine Freund Carl Theodor Schmitz:

»Mir obliegt es augenblicklich, in Starnberg mitzuwirken und nach allen Kräften für Ordnung zu sorgen. Die Sache ist nicht einfach. Sie verlangt zunächst einige Kühnheit, dann aber auch ein Sicheinarbeiten in Verhältnisse, die mir nur ungenügend bekannt sind. Ich habe nur den einen Wunsch, für Ruhe und Ordnung zu sorgen und rabiate Elemente zurückzudämmen.«[26]

Tatsächlich arbeitete Queri im Arbeiterrat der Stadt Starnberg mit, der sich am Tag der Ermordung Eisners unter dem Vorsitz des Rechtspraktikanten Karl Schleusinger konstituiert hatte, wenn auch nur kurz, denn bereits am 3. März meldete der – nun unter der Aufsicht des Zentralrats erscheinende – »Land- und Seebote«:

»An Stelle des Herrn Georg Queri, der bedauerlicherweise schwer erkrankt ist, tritt als 1. Ersatzmann Herr Alois Höbel in den Mitgliedstand dieser Körperschaft ein.«

Noch in der Wochenendausgabe vom 1. und 2. März war auf der Titelseite des Starnberger »Land- und Seeboten« unter der Überschrift »Mehr Vertrauen, mehr Einsicht, mehr Herzensgüte!« ein großer Artikel Queris erschienen. Dieser Artikel ist ein pathetisches Bekenntnis zur Republik, der mit einem fast verzweifelten Aufruf eines tief besorgten Herzens endet: »Seid Republikaner!«.[27]

Der weitere Verlauf der politischen Ereignisse sowie die Haltung der Sozialdemokratie in Starnberg dazu stand aber den idealistischen Ansichten Queris diametral gegenüber. Am 12. März wurde in Starnberg eine Unabhängige Sozialdemokratische Ortsgruppe gebildet. Der Arbeiterrat der Stadt Starnberg erweiterte sich dadurch zum Geeinigten Revolutionären Arbeiterrat. Nach der Ausrufung der Räterepublik am 7. April und der kommunistischen Räterepublik am 13. April in München griffen die sich überstürzenden Ereignisse auch ins Umland über. Auch in Starnberg wird, trotz verzweifelter Gegenbemühungen Queris, die Räterepublik ausgerufen. Am 17. April rücken kommunistisch-mi-

---

[26] Bayerische Staatsbibliothek, Cgm 8005a; Nr. 4.
[27] Abdruck des ganzen Artikels in: Stephan, Lesebuch (wie Anm. 19), S. 212–216.

litärische Einheiten in Starnberg ein, besetzen die öffentlichen Gebäude, nehmen Geiseln fest (die einen Tag später wieder freigelassen werden), lassen einen neuen Arbeiterrat wählen und errichten ein Revolutionstribunal (das aber nie in Aktion trat). Die reguläre Regierung unter Ministerpräsident Johannes Hoffmann, die seit dem 17. März im Amt war, machte nun mobil gegen die Räteregierung. Neben Regierungstruppen und Freikorps war auch eine württembergische Freiwilligenarmee im Einsatz. Diese rückte am 29. April in Starnberg ein. Viele Rotgardisten waren schon nach München geflohen, 22 (nach anderen Quellen 29) bewaffnete Männer werden jedoch aufgegriffen und sofort standrechtlich erschossen. Am 30. April kehrten die gemäßigten Kräfte des Sozialdemokratischen Vereins in Starnberg der bis dahin mit den Unabhängigen und den Kommunisten gebildeten revolutionären Einheitspartei den Rücken. Der Starnberger »Land- und Seebote« jubelt noch am gleichen Tag: »Starnberg frei vom Terror!«

Erste Priorität wurde nun auch in Starnberg in ein geregeltes demokratisches Zusammenleben gesetzt, was sich für die Mehrheitssozialdemokraten mit sieben Sitzen (von 16) bei den Gemeindewahlen am 15. Juni 1919 auszahlte. Queri hat – traumatisiert von den revolutionären Ereignissen – diese Entwicklung nicht mehr mitgemacht. Am 3. Juni 1919 trat er enttäuscht aus der Partei aus. In seinem ausführlichen Schreiben begründet er diesen Schritt damit, »dass die Sozialdemokratie so wie sich heute zusammensetzt, leider nicht die Partei ist, die eine Disziplin aufrecht erhält, wie sie ihr seinerzeit zu eigen war und wie sie notwendig wäre, um Grosses zu erreichen. Ich habe bei ganz nüchterner Betrachtung der Verhältnisse gefunden, dass die Partei noch nicht im Stande ist ein Land zu regieren.« Er rechnet auch mit den Unabhängigen Sozialdemokraten ab, hielt nun »unsere erste Revolution« für »eine völlig verfrühte Sache« und bedauert es, »für Eisner eine Lanze eingelegt zu haben«. – Zum Schluss des Briefes heißt es: »Ich habe daraus die Folgen für mich gezogen und trete völlig vom politischen Leben zurück. Es wird mich jederzeit der politische Fortschritt interessieren, ich werde jederzeit im Kampfe für eine gute allgemeine Volksbildung mittun, ich werde stets für eine Besserung der Lage des Proletariats eintreten, aber ich werde nie mehr politisch auftreten und mich keines falls irgendeiner Parteirichtung anschließen, die mir eine gebundene Marschroute gibt.«[28]

Im Sommer 1919, kurz vor seinem Tod, besuchte Queri für mehrere Wochen Ludwig Thoma in seinem Haus am Tegernsee. Queri schien sich jedoch von Thomas gedrückter Stimmung, die in der Folgezeit in Verbitterung umschlug und sich ab Juni 1920 in antidemokratischen und antisemitischen Artikeln für den Miesbacher Anzeiger entlud, nicht anstecken zu lassen. In seinem Buch »Leute, die ich kannte« (1923) berichtete Thoma von Queris Besuch: »Wer ihn so unbekümmert von der Zukunft reden hörte, konnte die Gegenwart vergessen.« Nur war Queri keine lange Zukunft mehr beschieden. Und es muss daher Spekulation bleiben, wie Queris weitere politische, und damit auch seine journalistische und schriftstellerische Entwicklung sonst verlaufen wäre.

Liest man heute Queris Redaktionsgeschichten aus dem »Wöchentlichen Beobachter von Polykarpszell«, so tut sich eine fast dörfliche Idylle auf (trotz aller geschilderten abgefeimten Charaktere). Queri hat darin eine Welt geschildert, die er noch persönlich als Journalist kennen gelernt hat, die aber, nach den einschneidenden politischen und gesellschaftlichen Umbrüchen zwischen 1914 und 1919 eine andere geworden war.

---

[28] Abdruck des ganzen Briefes an den Sozialdemokratischen Verein in Starnberg (Gasthof Deutsches Haus) vom 3. Juni 1919 in: Stephan, Lesebuch (wie Anm. 14), S. 216–220.

Editorische Notiz

Das Buch »Der Wöchentliche Beobachter von Polykarpszell. Geschichten aus einer kleinen Redaktion« von Georg Queri erschien erstmals 1911 in München im Verlag R. Piper & Co. in einer Auflage von 3000 Exemplaren. Die Erstausgabe enthält ein Porträt des Verfassers von Karl Arnold und ist mit alten Barock-Vignetten illustriert; den Umschlag gestaltete Paul Neu. Unsere Ausgabe folgt in Orthographie und Interpunktion der Erstausgabe. Offensichtliche Druckfehler wurden stillschweigend berichtigt. Die Illustrationen der Erstausgabe wurden übernommen.